文春文庫

# 御留山

新・酔いどれ小籐次（二十五）

佐伯泰英

文春

目次

## 「新・酔いどれ小籐次」おもな登場人物

赤目小籐次《あかめことうじ》

元豊後森藩江戸下屋敷の厩番。主君・久留島通嘉が城中で大名四家に嘲笑されたことを知り、藩を辞して四藩の大名行列を襲い、御鑓先を奪い取る（御鑓拝借事件）。この事件を機に、〝酔いどれ小籐次〟として江戸中の人気者となる。来島水軍流の達人にして、無類の酒好き。研ぎ仕事を生業としている。

赤目駿太郎《しゅんたろう》

小籐次を襲った刺客・須藤平八郎の息子。須藤を斃した小籐次が養父となる。元服して「赤目駿太郎平次《ひらつぐ》」となる。

赤目りょう

小籐次の妻となった歌人。旗本水野監物家の奥女中を辞し、芽柳《めやなぎ》派を主宰する。須崎村の望外川荘に暮らす。一家の愛犬はクロスケとシロ。

久慈屋昌右衛門《くじやまさえもん》

芝口橋北詰めに店を構える紙問屋久慈屋の八代目。妻はおやえ。

観右衛門《かんえもん》

久慈屋の大番頭。

国三《くにぞう》

久慈屋の見習番頭。

新兵衛《しんべえ》

かつて小籐次が暮らした長屋の差配だったが、惚けが進み「なりきり小籐次」をつづけた後、大往生。

お麻

新兵衛の娘。差配を継いだ。夫は錺職人の桂三郎、娘はお夕。

空蔵《そらぞう》　読売屋の書き方兼なんでも屋。通称「ほら蔵」。

青山忠裕《ただやす》　丹波篠山藩主、譜代大名で老中。小籐次と協力関係にある。

おしん　青山忠裕配下の密偵。中田新八とともに小籐次と協力し合う。

子次郎《こじろう》　江戸を騒がせる有名な盗人・鼠小僧。小籐次一家と交流がつづく。

三枝薫子《さえぐさかおるこ》　直参旗本三枝實貴《さねたか》の姫。目が見えない。三枝家の所領のある三河国で暮らしていたが、實貴の不名誉な死によりお家取潰しとなる。

〈豊後森藩〉

久留島通嘉《くるしまみちひろ》　八代目藩主。

嶋内主石《しまうちしゅせき》　国家老。

池端恭之助《いけはたきょうのすけ》　通嘉の近習頭。

創玄一郎太《そうげんいちろうた》　江戸藩邸勤番徒士組。

水元忠義《みずもとただよし》　御用人頭。

小坂屋金左衛門《こさかやきんざえもん》　頭成の船問屋。嶋内と組んで急成長。

# 御留山《おとめやま》

新・酔いどれ小籐次（二十五）

# 第一章　山路踊り

## 一

森《もり》陣屋は、臥牛山《がぎゅうさん》とも呼ばれる角埋山《つのむれやま》（角牟礼山）のふもとにあった。

豊前《ぶぜん》・豊後《ぶんご》九藩のなかで唯一の無城藩である森藩初代藩主の久留島長親《くるしまながちか》（康親）が、この地に陣屋を構えたのは、角埋山の歴史に由来した。

そのおよそ二百年後、八代藩主の地位に就いた通嘉《みちひろ》は、江戸で小籐次《ことうじ》の知る貧乏大名と異なり、「気宇壮大」にして派手好みの人物であった。

その証《あかし》のひとつが、

「一族の氏神である伊予《いよ》・三嶋の大山祇《おおやまづみ》神社の祭神を分霊した三島宮」

を奉安したことだ。歴代の藩主が備蓄した財を惜しげもなく使い、十年にわたりさらに豪華に整えさせたのである。

日光東照宮を参考にして、城と見紛う石垣の上に普請された高台の西に清水御門を、さらに陣屋から三島宮に向かう御長坂の入口に丸木御門を設《しつら》え、五つの摂社を合祀した五社殿と茶屋の栖鳳楼《せいほうろう》との間には網代門、北側には牛ノ首門と、無数の御門が配置されていた。

文政十年（一八二七）六月。その昼前に参勤行列に従い、森陣屋に着いた赤目《あかめ》小籐次、駿太郎《しゅんたろう》父子は、森藩と角埋山の関わりやその存在を全く知らなかった。

小籐次は、『御鑓拝借《おやりはいしゃく》』以来、久留島通嘉とそれなりの親密な「付き合い」があったと考えていた。だが、こたびの参勤交代に摂津大坂から従い、八代目藩主の久留島通嘉の人柄や行いのほんの一部しか知らなかったことに気付かされた。

冷静に考えれば、藩主と森藩江戸藩邸の下屋敷の元厩《うまや》番に対等な付き合いがあるわけもない。かように間近で日夜をともにする参勤交代を通して知った通嘉の新たな側面に驚かされた。それは通嘉自らの言動だけではなく、国家老一派と江戸藩邸派の内紛を通して教えられたものだった。

そんな通嘉の一面がうかがえる催しが陣屋の中庭に繰り広げられていた。

三味線、太鼓、竹笛に鉦《かね》などの調べに唄方が合わせ、華やかな布をなびかせた一文字笠を被った女衆《おんなし》や黒紋付の着流しも粋な男衆《おとこし》十数人が踊っていた。

「さんろが吹きし笛竹は、
　　サァーナニガマカセ
身より大事な　草刈男
真野の長者の娘と酒宴
　　ソレソーレエ
　　ソレソーレエ
　　サァトセ」

小籐次は、森陣屋で何刻も放っておかれた怒りを忘れて、山中の森藩に突然都踊《みやこおど》りが舞い降りてきたような光景に言葉を失い、足を止めた。

男女の踊り手たちの演じる色恋模様を、参勤交代に従ってきた家臣や陣屋を守ってきた家臣が笑みの顔で見物し、なかには踊り手の手付きを真似ている藩士もいた。

「下村《しもむら》どの、これは森陣屋の盆踊りでござるか」

参勤交代が無事に終わった祝いに盆踊りをとり行っている場と思って御徒士組《おかちぐみ》下村喜助《きすけ》に小籐次は質した。

「山路《さんろ》踊りでござる」

「山路踊りとな」

「十年も前であろうか、殿が帰国なされた折、江戸から連れてきた遊女《あそびめ》が伝えたものでしてな、この女の教えで囃子《はやし》方、唄方が加わり、優美にして典雅な盆踊りに変わって、家臣にも住人にも親しまれておりますのじゃ」

と下村がなにか異を含んだといった口調で説明した。

陣屋の縁側に赤い段通《だんつう》が敷《し》かれ、脇息《きょうそく》に凭《もた》れた通嘉が酒杯を手に山路踊りを見物しながら居眠りしていた。それはそうであろう。江戸からの長い旅路、昨夜は八丁越《はっちょうごえ》で御駕籠とはいえ、野宿させられたのだ。森陣屋に戻って一気に疲れが出たと考えられた。

藩主の居眠りを小籐次はそう解釈した。

理解つかないのはその傍らの御仁だ。

通嘉のかたわらには同じ段通に坐り、脇息に悠然と上体を預けた老臣がこちらも酒杯を手ににこやかに山路踊りを見物していた。

小藩とはいえ藩主は藩主だ。同格のごとき体《てい》とはなんたる所業か。

小籐次が、

「下村どの、殿の隣の御仁が国家老どのかな」

と質《ただ》すと、

「おや、陣屋到着後、未だお会いになっておりませぬか」

と下村は驚いたが、

「そうじゃ、赤目氏《うじ》は控えの間に何刻も放っておかれたのであったな」

と小籐次に対する非礼な接待を思い出して呟《つぶや》き、

「いかにも殿のお隣におわすお方が国家老嶋内主石《しまうちしゅせき》様にござる」

と丁寧すぎる返答に皮肉が込められていた。

(なんと国許《くにもと》の政《まつりごと》を支配するという国家老が殿といっしょに山路踊りを見物してござるか)

と小籐次は呆れた。

嶋内主石の風貌はなんとも異様で太り過ぎの体に丸い顔、短い両手が脇息を抱くようにして凭れかかっていた。これでは初めての人が見れば、どちらが藩主でどちらが家臣か判るまいと小籐次は思った。

「国家老どのは滅多に歩かれませぬ。美食と大酒のせいで年々肥えていかれましてな、一部の家臣は、水ぶくれの河豚《ふぐ》と陰口を叩いております」

と小籐次に囁《ささや》いた。

「水ぶくれの河豚か、いいえて妙かな」

「あれでなかなか狡猾非情なお方です」

（わしはなにをしに江戸から遠い豊後森陣屋まで呼ばれて参ったのか）

と悔いの気持が小籐次の脳裏に浮かんだ。

一曲が終わったとき、

「赤目どの、どちらにおられましたな」

と踊り方の男衆のひとりが声をかけてきた。なんと小籐次を控えの間に放っておいた中小姓小倉忠明《おぐらただあき》ではないか。

「そのほう、わしの案内《あない》方であろうが、呑気に踊っておる場合か。わしは初めて森陣屋を訪れた者じゃぞ」

「おや、それがしの同輩がお誘いに上がりませんでしたかな。なにしろ参勤行列が無事に陣屋に到着した日でござれば、家臣一同も上気しておりましてな、同輩は赤目様のこと、忘れてしまいましたかな」

平然と言い放った小倉は、小籐次の返事を聞こうともせず踊り方に戻っていった。

次の調べが始まった。

どうやら山路踊りにはいくつも唄や調べがあるようだ。

「あの小姓め、国家老の寵愛をいいことにわれら譜代の臣までないがしろの扱いにございましてな」

と下村が吐き捨てた。

「下村どの、わしはどうすればよいな」

「それがしが殿のもとへ案内仕《つかまつ》ります」

と言った下村が歩き出そうとして、

「ひとつだけご用心いただきたい」

というと動きを止めた。

「わしのためというならばなんなりと」

「山路踊りを江戸から森に持ち込んだ遊女でござるがな、その名も艶子《つやこ》というてな、今ではお艶の方とわれら家臣は呼ばされておる」

「うむ、お艶の方な、通嘉様の側室でござるか」

「いえ、通嘉様ではござらぬ。国家老の妾《めかけ》にござる」

「なんと藩主が江戸から連れてきた遊女が、ただ今では国家老の愛妾か」

「いかにもさよう。ゆえにお艶の方にはご用心あれ」

「相分かり申した」

小籐次は、なんとも言いようがない考えに苛《さいな》まれて、

(一日も早く三河に戻る方策はないものか)

と思った。

「赤目様、次の調べの間に殿にお声がけしますでな。こちらへ」

と下村が御殿の裏へと小籐次を連れていった。


駿太郎と与野吉《よのきち》は、刀鍛冶播磨守國寿《はりまのかみくにとし》の作業場から陣屋へと戻った。すると近習頭の池端恭之助《いけはたきょうのすけ》が憮然とした顔で中奥《なかおく》の建物の前に佇《たたず》んでいた。どこからともなく楽の調べが聞こえてきた。

「与野吉、駿太郎どのをどちらにお連れしておった」

と問う池端の言葉に腹立ちがあった。

「それがしの考えで、刀鍛冶の工房を訪ねておりました」

与野吉の代わりに駿太郎が答えた。

「ほう、森城下に刀鍛冶がおるか」

池端は首を傾げた。

「池端さんもご存じありませんか。播磨守國寿師と申されて、なかなかの技量の刀鍛冶とお見受け致しました。それがし、父の次直《つぐなお》が八丁越の戦いにて刃こぼれしたと聞いておりましたので、城下の刀鍛冶を訪ねたのです」

「ほう、かような在所に刀鍛冶がな」

と感心したように池端が繰り返した。

「刀鍛冶國寿師が研《と》ぎ場を貸してくれるそうです」

「それはようございました」

と応じた池端に、

「あの調べはなんですか」

と駿太郎が問うた。

「山路踊りなる盆踊りです」

「殿様は、見物しておられますので」

「参勤交代の一行の無事帰国を祝う山路踊りです。もちろん見物しておられます」

「ならば、近習頭どのも傍らで見物されればようございましょう」

駿太郎が当然の疑問を池端に質した。

「殿の傍らには国家老の嶋内様が同席してな、周りは国家老一派の家臣ばかり、それがしの居る場所などどこにもございませんので」

と池端が立腹の原因を告げた。

（うむ、近習頭が藩主の傍らに侍ることを許されないのか）

駿太郎は訝《いぶか》しく思った。

「しばらくぶりで拝顔した国家老嶋内主石様は、まるで変わっておられました」

「どういうことです」

「太々《ふてぶて》しいというか、殿を殿とも思うておらぬ言動でございましてな。この森城下で国家老一派がのさばっておる実態がよう分かりました」

と吐き捨てた。

それにしても藩主は久留島通嘉だ。藩主をないがしろにする国家老とはどういうことか、駿太郎にはそのことが理解つかなかった。そこで話柄を変えた。

「父も山路踊りを見物しておりますか」

「それが姿が見えませんので。それがし、われらの宿所となるこの建物に探しに参ったのです。ところがこちらにもおられません。踊りが終わるのを待つしかございませんかな」

と答えた池端の腹が、ぐっ、と鳴った。

「あれ、池端さんは陣屋に着いてなにも口にしておられませんか」

「駿太郎さんはなんぞ食したのか」

「頭成《かしらなり》の塩屋のお海さんが森城下で困ったことがあったら、米問屋にしてなんでも屋のいせ屋正八方を訪ねよと文にて教えてくれました。そのことを思い出して与野吉さんと訪ねて美味《おい》しいうどんと握りめしを馳走になりました」

「羨《うらや》ましい」

池端が正直な気持を告げて嘆《なげ》いた。

そのとき、小籐次は、藩主と国家老が並んで山路踊りを見物する背後へ下村に誘《いざな》われていた。すると久しぶりに見る御用人頭の水元忠義《みずもとただよし》がふたりの前に立ち塞《ふさ》がった。

「なにか用か、下村」

国家老の腹心の水元が、小籐次を見ぬようにして下村に質した。

「御用人頭、殿が森陣屋に招かれた赤目様をこちらにお連れしましたので。というのも案内方の中小姓が控えの間に赤目様を待たしたまま放置しておったのでござるぞ」

「そのほう、徒士であったな。だれに命じられてかような真似をなすな」

「殿が招かれた赤目様に中小姓が非礼を為したゆえに、それがしが案内をして参りましたので、それが差し障りございますかな」

下村は藩主に忠勤を尽くすという森陣屋では数少ない家来だった。ゆえに必死の表情で御用人頭に抗弁した。

「身分違いを考えよ。徒士がなすべきことに専念せよ」

と水元が声を荒げたせいか、通嘉が、

「何事か」

と後ろを振り向いた。

「おお、赤目小籐次か、どこにおったか。山路踊りが始まったというのにそのほうの姿が見えんでな、探すように命じたはずだが」

「殿様、森陣屋は初めてでござれば、迷うておりました。こちらの下村どのが拙者の手助けをしてくれたのでござる」

小籐次は、いささか真《まこと》とは違う説明をした。この場に差し障りないようにと思ってのことだ。

「なに、迷ったとな、案内方はおらなんだか」

と質す通嘉の傍らから、

「殿、こやつ、何者ですな」

と低い声で嶋内主石が問うた。むろん赤目小籐次と承知しておりながら、わざわざ通嘉に聞いたのだ。

「国家老、そなた、赤目小籐次と会うのは初めてか」

「なに、殿が森陣屋に同行を許された赤目小籐次とは、この年寄りですか」

水ぶくれの河豚が小籐次を見て、年寄りと言い放った。

「おお、予が赤目小籐次と倅《せがれ》の駿太郎をこたびの参勤下番に同行させたのだ。そのほうには書状で幾月も前に知らせておろう」

「さようでしたかな」

ふたりの問答を聞く小籐次は無言を通しながら国家老の人柄を見極めていた。

たしかに陰で水ぶくれの河豚と評される人物は、森藩の陣屋しか知らぬようで、井の中の蛙《かわず》かと小籐次は判断した。

「殿、この者は酔いどれ小籐次との異名をもつとか。酒をとらせますかな」

と言った嶋内が通嘉の返事も聞かずに、

「あいや、だれぞおらぬか。赤目小籐次に酒をとらせよ」

と命じた。

するとどこに用意されていたか、即座に四斗樽《しとだる》が中間《ちゅうげん》らの手で運ばれてきて、どん、と小籐次の前に置かれた。

「大盃がよかろうぞ、この者、大酒飲みと聞いたでな」

と嶋内がだれにともなく命じると、早速五升は入りそうな白木の大盃が小籐次の前に差し出された。

「赤目氏、盃をお持ちくだされ」

と国家老一派の家臣が小籐次に命じた。

小籐次はなにも答えない。

家臣らが酒を注いで、

「ささっ、遠慮のう大盃を取りなされ」

と勧めた。

「……」

「どうなされた、赤目どの。遠慮は無用、国家老様のお許しにござる」

「戯《たわ》け者」

と小籐次の口から大声が発せられ、その場が凍り付いた。

「いささかも遠慮などしておらぬわ。殿に呼ばれたで、わざわざ江戸からこの豊後森陣屋にわれら親子、従ってきたのだ。何者とも知れぬ御仁が殿のお許しも得ず、勝手に運び込ませた酒を口にするほど、この赤目小籐次、貧しておらぬ」

と小籐次がさらに言い放った。

「赤目小籐次とやら、その昔、当藩の厩番であったな。身分を考えられよ、国家老嶋内様のお言葉を有難く聞かれよ」

御用人頭が大盃を小籐次に持たせるように家臣らにさらに命じた。

「そのほう、水ぶくれの河豚の腰巾着《こしぎんちゃく》、水元忠義よのう」

「な、なんと言うたか。国家老様を水ぶくれの河豚と言うたか。あいや、いえ、それがしが申したのではございませんぞ、こやつ、この厩番はそれがしのことを腰巾着と抜かしましたぞ」

「おのれ」

と国家老嶋内主石が歯ぎしりした。

この場の口論を山路踊りの者から見物の家臣までが緊張の体で聞いていた。もはや踊りどころではなかった。

「赤目小籐次、国家老様に詫びよ、平伏して許しを乞《こ》え」

「詫びるような所業を為した覚えなし。腰巾着どの、酒はな、互いが信頼し合い、敬愛し合う間柄同士で飲むゆえ美酒《うまざけ》となるのだ。水ぶくれの河豚の声がかりの酒など欲しくはないわ。わしの前から下げよ」

と小籐次が凜然とした声音で命じた。

震撼した陣屋の一角に、

「ふあっ、はっはは」

と笑い声が響き渡った。

藩主の久留島通嘉だった。

二

駿太郎は池端恭之助と与野吉の案内で赤目父子の宿所として用意された客間に

入った。すると文机《ふづくえ》の上に赤目小籐次に宛てた二通の書状がぽつんと置かれてあった。

「なんということだ、赤目様に宛てられた文をなぜ直ぐに赤目様か駿太郎さんに渡さんのだ」

と池端が呆れたように言った。

「参勤交代の衆がなんとか森陣屋に戻った騒ぎに忘れられたのでしょう」

と応じてみた駿太郎だが、それにしても酷《ひど》い扱いだと思った。

「いつ文は届いたのでしょうか」

と与野吉が洩らしたがふたりとも応じられなかった。

駿太郎は書状を改めた。

一通は三河の母おりょうからのものだ。

もう一通は、紙問屋久慈《くじ》屋の大番頭観右衛門《かんえもん》の書状だった。やはり何日も前に着いていたと駿太郎は、推量した。

「父上はどこにおられるのであろうか」

と呟いた。

「それがし、いま一度山路踊りの場に戻ってみよう。このことを赤日様に伝えればよいな、駿太郎さん」

「お願いできますか」

駿太郎が応じると与野吉も、

「私も主といっしょに赤目様を探しに行ってきます」

「それがしは、この宿所で待てばよろしいでしょうか」

「赤目様がこちらに姿を見せられることも考えられます。それがよかろうと思います」

池端と与野吉主従が宿所から慌ただしく出ていった。

駿太郎は、独りになって懐かしい母の文字と観右衛門が差出人の分厚い書状を手にして、

(われら父子にこの森陣屋でなにをなせというのか)

と漠然と考えていた。

小籐次の怒りと通嘉の笑い声に山路踊りは中断してしまった。

中庭から森藩の家臣団や踊り方、囃子方が消えて、縁側に久留島通嘉と嶋内主石、それに小籐次の三人と、嶋内と小籐次の対立を見詰める四人が残った。

ひとりは国家老派の御用人頭の水元忠義、ふたりめは、頭成の船問屋にして森藩の御用商人の小坂屋金左衛門《こさかやきんざえもん》であった。

もう一方は、江戸藩邸派とも称される藩主忠勤の物頭《ものがしら》、最上拾丈《もがみじゅうじょう》と、小籐次が名も知らない家臣だった。おそらくこの場に姿を見せない近習頭の池端恭之助の代人だろうと推量した。

藩主と国家老の主従両人の不隠な空気に、

「殿、こやつを江戸からなんのために同行されましたな」

と呟くような話し方で口火を切ったのは国家老だ。

「嶋内、予は赤目小籐次に国許、森陣屋を見せたくてのう。赤目小籐次はわが家臣同然の者ゆえな。そなたはもう何年も、国許の森陣屋からほとんど外へ、まして江戸には一度として出たこともないゆえ、赤目小籐次の武名と予との間柄を知るまい」

と通嘉が平静な口調で応じた。

「殿、こやつと殿との間にさような深い縁がございましたかな。それがしがこれまで聞かされてきたことは、こやつが当藩の江戸藩邸、それも下屋敷の厩番であったということのみでござる。それもすでに藩を脱して長い歳月が過ぎておりましょう」

「おお、さようじゃ。じゃがな、予との関わりはいまもあってな。とくに城中では詰の間の同輩大名方から、赤目小籐次は久留島どのの家臣でしたなと羨ましげにしばしば問われるほどよ」

通嘉の口調はこの場の険しい雰囲気とは異なり、飄然《ひょうぜん》としていた。

「殿、他の大名方はさような大仰な言辞を弄しても、なんの害も得もございますまい。面白がっておられるだけと違いますかな」

「主石、それはいささか事実と異なろう。予の恥辱を『御鑓拝借』にて雪《すす》いでくれた赤目小籐次の行いには、江戸じゅうが驚き、予の面目が保たれたのだぞ。あの騒ぎ以来酔いどれ小籐次は数多《あまた》の武勇を重ねて、将軍家斉《いえなり》様にもその名が知られておるわ。むろん豊後森藩久留島家の家臣としてご承知でな。そのほうは家斉様や世間がどう考えておるか、森陣屋に安住しておるで不明であろう」

通嘉は、国家老を説得でもするかのように穏やかに弁じたが、

「殿、それは事実ではございませんぞ。もはやこやつと森藩の縁は、『御鑓拝借』の騒ぎのあとで終わっておりまする。わが藩籍簿には、赤目小籐次のあの字もありませんでな」

と嶋内主石が言い切った。

ふたりの問答を小籐次当人は冷めた眼差しで聞いていた。

「主石、やはり豊後森と江戸との間は遠いのう。そのほう、赤目小籐次と駿太郎父子が千代田城の白書院に呼ばれ、御三家御三卿、金沢藩前田様、薩摩藩島津様、老中などお歴々の前で来島水軍《くるしますいぐん》流の奥義を披露したことを知るまいな」

通嘉が国家老を諭すように話を付け加えた。

「殿はその場に招かれておられましたかな」

と国家老が藩主に反問した。

「いや、それは三百諸侯すべてが招かれたわけではないでな」

「いや、こやつと殿との関わりはなんらなしと思われたゆえ、公方《くぼう》様は殿を招かれなかったのではございませんかな」

「いや、それは」

と通嘉が言葉に窮した。

しばし重苦しい沈黙がその場を支配した。

「殿、森藩にとって赤目小籐次なる者は、江戸下屋敷の厩番であったことの一事につきまする。そのことをお忘れなきよう願います。そうでなければ、森陣屋では厄介なことが生じましょう」

家臣の国家老が主の藩主を脅していた。

この言葉を聞いた物頭の最上拾丈はきりきりと胃の腑が痛む思いにかられて、この場で行動を起こすべきか一家臣としてふたりの問答を最後まで聞くべきか躊躇《ためら》った。

一方、御用人頭の水元忠義は、なんとも満足げな表情で問答を聞いていた。そのかたわらの小坂屋金左衛門は、両眼を瞑《つむ》って何事か思案していた。

「赤目小籐次と倅が森藩の参勤交代に同行したのは、この親子になんぞ魂胆《こんたん》があってのことでありましょうな」

「魂胆じゃと。主石、勘違いするでない。予が父子を誘ったのだ」

「ほう、殿が元厩番の親子を誘われたと申されますか」

「いかにもさよう」

「と申されるのは、殿に魂胆がございますかな」

「予、にか。なくもない。赤目父子にこの者の先祖が代々奉公しておった森陣屋と所領を見せたくて招いたと再三そのほうに説明しておろう」

「それだけにございますかな。こやつ、いえ、殿になんぞ企てがあるように聞こえるご発言にございますな」

水ぶくれの河豚国家老が藩主から視線を外すと、閉じているかのように細い眼で小籐次を睨んだ。

小籐次は相変わらず無言のままだ。

「嶋内主石、そのほうのように独りよがりに物事を考えると、大事なことを見落とすと思わぬか」

「大事なこととは、なんでございましょうな」

国家老はさらに藩主を問い詰めた。

「これまでも申したが、赤目小籐次の武名は、森藩にとって益になりこそすれ害になることなどなかろう。豊前豊後二豊九藩のうち城なしはうちだけだということを忘れては困る。その分、赤目小籐次が未だ予の家来と江戸で思われておることは、城なし大名の予の気持を補って余りあるわ」

と通嘉が言い切った。

「殿、身分違いを考えてくだされ。元厩番を殿が森に呼ばれた事実、国家老嶋内主石、到底認められませぬ」

と言い放ったとき、最上拾丈は、脇差に手をかけて身を乗り出した。そして、命を賭して行動に移ろうとしたとき、最上の膝を静かに抑えた者がいた。

振り向くと近習頭の池端恭之助だった。

池端もまた最前から隣座敷の襖のかげで国家老の辛らつ極まる言葉を聞いて、必死に耐えていた。が、問答の途中からその場にある小籐次がひと言も発さないことを考えたとき、小籐次にはなんぞ考えがあると思い至った。すると自分の気持も鎮《しず》まっていた。

無言で最上の動きを止めた池端恭之助の、

（もうしばし御両人の問答を聞きましょうか）

という意を最上も悟った。

「殿、赤目小籐次が企てを持って森藩に乗り込んできたのであれば、藩は二分されて内紛が生じましょうぞ」

と嶋内国家老が繰り返した。赤目小籐次の背後に藩主の考えがあると、嶋内主石は言って引かなかった。さすがの通嘉も黙り込んだ。

長い沈黙のあと、通嘉が決然と国家老を正視すると、

「そのほう、予が摂津大坂を出立して以来、参勤交代の行列に不穏な行いをなしたな」

と問うた。

「不穏な行いですとな、覚えがありませんな」

太々しくも言い切った。

「嶋内主石、予が招いた赤日父子に幾たびも刺客を送り、愚かにもその都度失態に終わったこと、承知ではないというか」

「全くもって存じません」

「淀川三十石船でのことについては語るまい。されど昨夜、玖《く》珠《す》街道の八丁越の騒ぎは、予はとくと駕籠のなかより見聞致した。この騒ぎ、公儀に知られてみよ、森藩の即刻取潰し、予の切腹は避けられまい」

「殿、ならば赤目小籐次父子をこの森陣屋より追い出すことですな、公儀に通じておるのは、この者、赤目小籐次ではありませんかな」

「予が赤目父子を追い出せば、そのほう新たな刺客に襲わせる心算《つもり》ではないか。そなた、八丁越の始末、そのほうの配下の者より報告受けたか。どうじゃ」

「刺客などそれがし一切、関知しておりませんでな、答えようもございませぬ」

と言った嶋内主石が、

「殿、数多の家臣が聞き耳を立てるかような場で問答を続けることがよきことでございましょうか。こやつの始末、殿とそれがしのみで話しませぬか」

と抜け抜けと言い放った。

「主石、そのほう、予の陣屋を支配してなにをしようというのか」

「殿、そのことをお話ししたいと言うておりますので」

「国家老、そのほう、己の立場を勘違いしておらぬか」

「ゆえに殿とそれがしのふたりだけで、この際、お互いの立場を話し合いたいというております」

「予は信頼できる家臣の前で話すのは一向に構わぬ。されど」

「ならば、その場を設えましょうぞ」

と嶋内主石がだれを呼ぼうというのか、ぽんぽんと手を打った。

最上拾丈が池端恭之助を見た。

姿を見せたのは華やかな京友禅を着た女だった。

「ささっ、殿、離れ屋に席が設けてございます」

「艶《つや》、なんの真似か」

「参勤交代、無事にお勤めなされた殿様の慰労にございます。山路踊りの衆も離れ屋に待たせておりまする」

「艶、そのほう、いつから森藩の催しに口出し致すようになったな。参勤交代の後の催事は、藩主と行列の御用方が長年作り上げてきた習わしがあるのを知らぬか」

と通嘉が言った。

「私、国家老様の命に従っております。殿様、ささっ、あちらにて話の続きをなされませ」

とお艶が言った。

「そのほう、予が国許におらぬ折は、お艶の方と呼ばれているそうじゃな。だれの妾になりおったか、聞かせてくれぬか」

通嘉がお艶の顔を正視して質した。

「さようなことはございませぬ。私、殿とのご縁でこの森陣屋に参り、山中の陣屋に潤いをもたらすように歌舞音曲の指導を勤めてきました。殿もご存じのように江戸の調べを山路踊りとして手直しし、盆踊り、正月の祝いごと、そして参勤交代の出立と帰国には賑々しく晴れやかに演じてきました。私がだれかの女だなど、流言飛語の類にございましょう」

とお艶が平然と言い訳し、

「ともあれあちらにてご気分をお直しくださいまし」

と通嘉の手をとるように手を差し出した。

小籐次が両眼を瞑ったまま、前帯に挟んでいた白扇を抜くと、ぴしゃりとその手を叩いた。

「なにをするや」

と眉を吊り上げてお艶が叫んだ。

「うむ、なんぞござったか」

と小籐次が両眼を開けた。

「おのれ、手を叩きおったな」

「ほう、どの手でござるか、お艶のお方様」

「殿の前で戯れ言を言いおるか」

とお艶がふたたび叫んだ。

「お艶とやら、山路踊りな、江戸の盆踊りにあのようなものがあったか。赤目小籐次、武骨者でな、一向に知らなんだ。そなた、なかなかの腕前ではないか、歌舞音曲の指導に専念しておれば、そなたも森の住人になれたかもしれぬ」

と小籐次が口調を辛らつに変えて、

「遊女、国家老と離れ屋に去《い》ね」

と命じた。

「下郎、おのれこそ森陣屋から倅ともども早々に立ち去れ」

と嶋内主石が声を荒げた。

小篠次はしばし間を空けた。

「国家老どの、繰り返しになるが言うておこう。わしと倅、久留島通嘉様のお招きにより参上したのだ。通嘉様の家臣の一人のそなたの命など聞かれぬ」

「この森陣屋でそれがしの命を聞かねば、殿の宿願も潰《つい》えるわ」

と嶋内主石が小篠次の言葉に抗った。

「殿の宿願、とな」

「聞きたいか、下郎」

「殿から直にお聞きしようか」

「殿はそれがしにしか話されぬ。関わりなき下郎は要らぬ」

小篠次がちらりと通嘉を見た。

酒が覚めた通嘉は、最前運ばれてきた四斗樽の酒にでも思いを致すような表情を見せて、小篠次に小さく頷いた。

「豊後の山中の森陣屋で逆上《のぼ》せあがった国家老の話など聞きとうないと殿は、申されておるわ。そなた、離れ屋に遊女のお艶と去ね」

と小籐次が国家老に再度命じた。

こんどは御用人頭の水元の体が無言の通嘉を見ながら、わなわなと震え出した。

それを見ていた小坂屋金左衛門が、

「御用人頭、国家老と艶を離れ屋にお連れなされ」

と耳元で囁いた。

「小坂屋、そなたは行かぬのか」

「むろん参ります。されど家臣でもなき私が離れ屋にひとり先に参るわけにはいきますまい」

と落ち着いた声で諭した。

「おお、ならば国家老様とお艶の方を離れ屋にな、案内しますぞ」

と水元が立ち上がった。

水元御用人頭は、国家老とお艶のふたりをこそこそと説得して、ようやく立ち上がらせた。嶋内が、

「殿、かような下郎を相手になさるなど、以ての外にございますぞ。ようござい

ますな、ひと晩お休みになり、お考えをお改めくださいい。明朝、それがし殿のもとへ話しに伺いますでな」

と未練げに言った。

「国家老、そのほうに話が聞きたければ殿がお呼びになる。よいか、このことをとくと弁《わきま》えよ」

「おのれ」

と嶋内主石の手が腰の小さ刀の柄《つか》にいった。

「そなた、八丁越にてそのほうの刺客とわしが尋常勝負に及んだ結末じゃが、たれぞから報告を受けたか」

小籐次の問いに国家老はなにも答えない。

「死なせるには惜しい剣術家であったわ。この稀有《けう》の剣客を死なせたのは、わしの次直ではない。そのほうの愚行よ。よいか、わしはこの一件だけでも、そなたに恨みを感じておる。そなたがその柄にかかった手を離さぬと、刺客の血潮がこびりついた次直の刃にそのほうの血を塗り重ねることになるがよいか」

小籐次の言葉を聞いた嶋内主石が手を小さ刀から外してよろよろとお艶と水元御用人頭に手をとられて姿を消した。

その場に残っただれよりも強い眼差しで、小坂屋金左衛門がその様子を見詰めていた。

三

小籐次は近習頭の池端恭之助らに案内されて森藩の、

「大書院」

と称する表向の大広間に向かった。

参勤交代の一行が無事帰国したこの日、すでに森陣屋は宵闇に包まれていた。

小籐次は、通嘉や側近の面々と対面し、今後の話し合いを為すものと思っていた。だが、いつの間にか久留島通嘉の姿が消えていた。

森陣屋を実効支配する国家老とその一派とあからさまに対決せざるを得ない仕儀に陥った以上、明日からの動きに備え、藩主に忠勤を尽くす少数派は、国家老一派以上に早急に意志統一することが必要だと、小籐次は考えていた。

上の間、二の間、三の間と分かれた大書院には、十数人の家臣たちが緊張の面持ちで待ち受けていた。

上の間に坐す藩主に、忠勤を尽くす家臣たちが改めて謁見する儀式が催されるのかと小籐次は考えた。

書院の床の間には香炉がおかれ、壁には森藩所領の光景が描かれた三幅の掛軸がかけられ、違棚には料紙と硯墨筆、床前《とこまえ》に刀掛が置かれてあったからだ。

御近習頭の池端や物頭の最上拾丈ら数人の忠勤派上士が二の間に着坐した。

だれもがなにが行われるか分かっていない表情をしていた。

無言のときが流れていく。

藩主の久留島通嘉の大書院上の間到来を見たひとりの小姓が、

「殿の御出坐」

と高らかに告げた。

参勤交代の道中着から熨斗目《のしめ》の半上下《はんがみしも》の礼服に、通嘉はいつの間にか着換えていた。背後に藩主の刀を立てた小姓が従い、三の間に控えた家臣が、

「ははあ」

と応じながら平伏した。

山路踊りの場の茶番と騒ぎは国家老嶋内主石の企てであり、この場が参勤下番の無事終了の行事かと小籐次は考えた。

小姓が刀掛に藩主の佩刀《はいとう》を丁寧に置いた。

出坐した通嘉を見ながら、三の間の傍らに坐した小籐次はどうしたものかと迷い、軽く通嘉に会釈するに留めた。

小籐次は、一座の家臣とは異なり、通嘉との主従関係はない。主従の謁見の場にあって家臣と同じく平伏すると、いよいよ通嘉が考え違いをすると思ったのだ。

「文政十年参勤下番、無事陣屋にご帰着、祝着至極にございまする」

武官の上位者物頭の最上拾丈が帰国の祝いを述べた。

ふたたび家臣一同が平伏した。

小籐次は眼を瞑って見ない振りをした。

囁きの声が三の間の家臣から聞こえてきた。

「まるで元日の謁見の儀ではないか、かようなことが近年あったか」

「それがし、覚えにあるかぎり参勤交代に際し、かような仰々しい催しは知らぬ」

「となると、殿は改めて忠勤を尽くすわれらの気持を念押ししておられるのではないか」

「そのようじゃな」

しばし間があって、

「一人ふたり、この場に国家老派が紛れ込んでおらぬか」

「おるおる、あの者たち、どうする心算かのう」

などと小声で言いあった。

江戸藩邸派とか忠勤派と称する、通嘉に忠誠を尽くす面々のなかにも策士がおるかと小籐次は考え、眼を開けて周りを見廻したがそれらしき人物はいないようだった。

儀式は続いていた。

年始の祝詞《のりと》に従ってか、披露方の小姓が、

「道中奉行一ノ木五郎蔵《いちきごろぞう》、参勤交代無事ご帰着めでたくもお礼を申し上げ候」

と藩主の通嘉に忠誠と敬意を表す言葉を述べ、二の間に座していた一ノ木五郎蔵が頭を下げて、藩主の労に報いて忠勤を尽くすと態度で示した。

この場にある家臣たちの姓名が上士から中士と一人ずつ、職階とともに披露方の口から読み上げられ、一人ひとりが定まった拝礼を繰り返した。

この間に家臣数人が腰を屈めて大書院に入ってきて、藩主に忠誠を尽くす一派の儀式に加わった。

国家老の嶋内主石と小籐次の激しい対決を聞いた、どちらにも与《くみ》しない中道派の家臣たちが慌てて大書院に参じた姿だった。

反対に一人ふたり、こそこそと逃げ出す国家老一派の者もいた。

小籐次はこの茶番を見つつ、空腹に苛まれていた。

(居眠りを為すか)

と両眼を閉ざすとほんとうに眠気に襲われた。

うつらうつら
と大頭を揺らしていると、

「あれにおるのが酔いどれ小籐次どのか」

「当家の江戸藩邸の厩番であったそうな」

「江戸藩邸というても下屋敷じゃそうな。殿が城中詰の間において同輩大名に城なし大名と貶《けな》された恥辱をあのお方が雪いだのであったな」

「おお、大名四家を向こうに回して、独り決然と抗った『御鑓拝借』騒ぎで厩番どのは、酔いどれ小籐次強し、と天下に武名を上げたわ。そのせいでな、われら家臣以上に、殿と赤目小籐次どのとの間柄は深いものがあるそうな」

「おお、こたびの参勤下番の道程、八丁越で赤目小籐次どのは、国家老が金子《きんす》で雇った刺客十数人の頭領を負かしたそうではないか」

「おお、そのことよ。国家老様は、八丁越の敗北に仰天されたそうじゃぞ」

「酔いどれ小籐次どのの森陣屋来訪で国許で牛耳を握ってきた国家老一派の形勢悪しか」

「いや、あの水ぶくれの河豚どのの知恵は、悪辣《あくらつ》にして巧妙じゃからな、なかなかのものぞ、容易《たやす》く負けを認めるなどありえまい。反撃があるとみたがな」

などというささめきを聞くうちに小籐次は本式に眠り込んでいた。

「父上、起きて下され」

駿太郎の声に小籐次は眠りから覚めた。

「おお、元日の儀式はどうなったな」

「父上、夢を見ておられましたか。ただ今は晩夏にございます。元日の儀式など催されておりませぬ」

「なんとな、最前までこの大書院で殿への拝謁の儀式が催されていたがのう、あれは正月の儀式の焼き直しのようじゃな。あまり退屈ゆえ眼を閉じたら本式に眠り込んでいたか。あれは現《うつつ》であったか、それとも夢か」

「御料理の間にて宴が始まっております」

「なんとのう」

小籐次はがらんとした大書院を見廻した。ところどころに行灯《あんどん》が点されているだけで、駿太郎の他には人影は見当たらなかった。

「うむ、駿太郎の申すとおり、わしは夢を見ていたか。腹も空いたし、酒も飲みたいのう。その御料理の間に押し掛けようではないか」

「それがしも腹が減りました。されど、父上にはその前になさるべきことがございます」

「なんじゃ、厄介ごとか」

「三河の母上と江戸の久慈屋の大番頭さんから書状が届いております」

「おお、おりょうは丁寧にもこちらにも文をくれよったか」

と応じる小籐次に駿太郎が二通の書状を渡し、行灯を父の傍らに運んできた。

「なに、駿太郎、そなた、母からの文、読まなんだか」

「父上に宛てられた文にございます」

「父子の間で遠慮は要るまい」

と言った小籐次がおりょうの文を駿太郎に返し、

「わしはこの分厚い書状をまず読む」

と言って封を披《ひら》きながら、大番頭観右衛門の私信にしてはずいぶん厚いなと思った。

どうやら老中青山忠裕《あおやまただやす》が豊後の一大名に随行する赤目小籐次に宛てた書信を青山のものと思えぬように、久慈屋の名を借りて飛脚便にしたかと小籐次は察した。

それにしても観右衛門の書状は長文であった。近況を細々と認《したた》めて長旅に出た父子に江戸の出来事や芝口橋の暮らしぶりをあれこれと告げ知らせようとしていた。

（大番頭さんも老いたかのう）

と小籐次は勝手なことを考えた。

「ほうほう、国三《くにぞう》どのがわれら父子に代わって研ぎ仕事をしてくれておるか」

と小籐次が洩らした。

「父上、もはや国三さんの研ぎはそれがしと同様と言いとうございますが丁寧さにおいて凌いでおられます」

「見習番頭に出世した国三どのは、紙問屋の仕事からわれらや新兵衛長屋の住人の付き合いなど親身になしておられるな」

「これまで苦労なされたことがただ今の国三さんの行いや言葉に表れております」

「いかにもさよう」

と応じた小籐次が文の先に視線を落として、

「おや、錺職《かざりしょく》の親子は大仕事の話が舞い込んだらしいぞ」

「桂三郎《けいざぶろう》さんとお夕《ゆう》姉ちゃんの頑張りが認められましたか」

「おお、空蔵《そらぞう》さんが読売に父子のこれまでの仕事ぶりと成果を認めたらしい。なになに、空蔵さんはわしらが江戸を不在にしておるで、読売ネタがないというて、桂三郎さんとお夕ふたりの仕事を克明に書いて読売に載せたそうな。するとな、室町の古町名主の池田屋求左衛門様より大がかりに改築する別邸の錺をすべて任せたいと注文があったそうだ」

「父上、お夕姉ちゃんにとって大仕事ですか」

「おお、お夕だけではのうて、桂三郎さんにとっても大仕事であろう。室町の古町名主池田屋は、徳川様の江戸入りに三河より従ってこられた大商人だと聞いておる。ふだん地味に暮らしておられるゆえ、その名が知られているとはいえまい。だが、さすがに池田屋さんじゃな、これまでの桂三郎さんの仕事をひとつ残らずご覧になって、桂三郎さんの仕事場に当代自ら来られたとか。いよいよ、あの親子の仕事ぶりと名が江戸じゅうに知れわたるな」

「お夕姉ちゃん、喜んでいますよね」

「うーむ、それがな、観右衛門さんによると、親子で古町名主からの注文というので緊張しておるそうだ。桂三郎さんは、何度か、『私ども親子の技量では、池田屋様に気に入っていただけるかどうか心配です』と断ったらしい」

「えっ、断ったのですか」

「駿太郎、安心せえ。池田屋求左衛門様が二度三度と工房に足を運ばれて親子の仕事ぶりを確かめ、『十分に思案して返事をなされ、ただし私はよい返事しか聞きませんよ』と言い残して帰られたそうな」

「そうか、桂三郎さんとお夕姉ちゃんに大仕事が舞い込んだのですか。新兵衛長屋は大喜びでしょうね」

　と物心ついたころから「姉ちゃん」と呼んできたお夕が緊張しながらも父親であり師匠でもある桂三郎を助勢して必ずや大仕事をやってのけると駿太郎は確信した。

「うーむ」

と小籐次の表情が険しくなった。

「どうされました、父上」

「大番頭どのの文、新兵衛《しんべえ》さんの行いに触れておるわ」

小籐次が話柄を転じた。

「お夕姉ちゃんの爺様になにかありましたか」

「うむ、その日、柿の木の下でわしの研ぎ仕事の真似を大人しくしていたそうな。すると、突然な、裸になって、『新、泳ぐ』と叫んで入堀に飛び込んだとか」

「えっ、大変だ、溺れはしませんよね」

「女衆の叫び声で勝五郎《かつごろう》さんたち男衆が長屋から飛び出して新兵衛さんを引き上げたとか。その折も『新、泳げる』と繰り返していたそうな。新兵衛さん、子ども返りをしておるのかのう。五、六歳の自分になった心算か」

と洩らした小籐次はわが身に照らして、老いが為す愚行に暗澹とした。

「お夕姉ちゃん、いいことばかりではありませんね」

「ないな」

と言った小籐次が、同梱された巻紙のおしんの文を読み始め、

「こちらは頭成で受け取ったおりょうの文に書かれたと同じ内容だな」

「三河の田原藩三宅《みやけ》家に差し障りはないが、薫子《かおるこ》姫の旗本三枝《さえくさ》家は断絶とのことでしたね。それで姫がわが姉上になった」

「そういうことだ」

と言い切った。

駿太郎が話柄を変えた。

「父上、最前、盆踊りの見物の場で、国家老嶋内主石様と険しい口論をなさったそうですね。父上は薫子姫のこともあるゆえ、事を急がれたということですか」

「いや、いささか平静を欠いたと悔いておるところよ。じゃが、もはや引くに引けぬならば一刻も早くこちらの一件決着をつけようか」

「はい、一日も早く三河に立ち寄り、母上、姉上、お比呂《ひろ》さん、子次郎《こじろう》さんの四人を加えて江戸へと戻りましょう」

駿太郎の言葉に小籐次が大きく頷いた。そこへ突然姿を見せた池端恭之助が、

「赤目様、未だこちらにおられましたか。おお、それがし、その書状が森陣屋に届いていることを赤目様に伝えるのを忘れておりました。申し訳ございません」

駿太郎の手の文を見て詫びた。

「すでに文は読んだで、詫びる要はないわ」

と小籐次が池端に言った。

「なんぞございましたか」

「そうよのう。二通の文を読んで、禍《わざわい》転じて福となす、といった気分かのう。池端さんや、われら父子、早々に森陣屋から暇《いとま》がしたくなったわ」

「じょ、冗談ではございません。赤目様は家臣の前で、あのように国家老を焚きつけたのです。火を消してくだされ」

池端が険しくも狼狽《ろうばい》の体で願った。

「殿はどうしておられるな」

「御料理の間で最前までこの場にあった最上どのや一ノ木どの方と酒食を楽しんでおられますぞ。赤目様があまりにもぐっすり眠り込んでおられるものですから、殿が少しの間、休ませておけと命じられてこの場にお残ししました」

「池端どの、国家老一派は離れ屋で山路踊りを楽しんでおるか」

「それが赤目様との口論がよほど堪《こた》えたか、国家老一派の腹心を集めて、引き締めを命じたと、与野吉が知らせてきました」

「おお、そなたの密偵どのも忙しいのう」

「はい、それがしが国許の森陣屋の内情に詳しくないだけ、与野吉があれこれと助けてくれます」

　と応じた池端恭之助が、

「赤目様のご先祖は、いつ森陣屋を出て江戸藩邸下屋敷に引き移られたのでございましょうな」

　と不意に話柄を変えた。

「さあてな、はっきりとしたことは聞かされておらぬ。曖昧《あいまい》じゃが、三代藩主通《みち》清《きよ》様の時世あたりではあるまいか」

　通清は明暦二年（一六五六）に藩主になった。

　悲劇は寛文三年（一六六三）三月五日に起こった。参勤のため江戸に向かう途次、弟の通方《みちかた》が乗った船が折からの強風に煽られて岩に激突、周防郡地《じ》家室《かむろ》沖で大破し、通方は藩士十名とともに水死した。

　海難事故に際して赤目一族の先祖が後始末を手伝い、そのまま江戸に出たと小籐次は亡父と下屋敷用人高堂伍平《たかどうごへい》の内職中の四方山《よもやま》話で聞いた覚えがあった。

　いや、そればかりか別の日には赤目家の異なった出自を小籐次は聞かされた覚えがあった。むろん森藩の下屋敷の厩番見習の頃のことだ。父の伊蔵が十八歳で江戸に出てきたとか、赤目家は伊予以来の森藩奉公とか、亡父も確かな出自は知らなかったと思えた。

（まあよいか。下士の赤目一族の出自などだれも気にすまい）

と小籐次は思った。

「なぜ、さようなことを聞くな」

「いえ、与野吉が、この森陣屋に赤目姓がおらぬのはどうしたことでしょう、とそれがしに尋ねましてな。なんとなく気になったもので」

池端の言葉に駿太郎が反応した。

「たしかに父の先祖の縁戚がこの森の地にいてもおかしくはありませんよね、赤目なんて姓は珍しいですからね」

「駿太郎さん、そのことです。もしおられたら、赤目様、お会いになりますか」

と池端が尋ねた。

「うむ、わしに縁戚か。うちはそなたと違い、上士でも中士でもない。下士身分ゆえさようなことは考えもしなかったわ。そうか、森の所領に赤目姓が残っていても不思議ではないか」

「あり得ます」

池端が言い切った。

「父上、それがしが与野吉さんの手を借りて調べてみましょうか」

駿太郎の問いに小籐次はしばらく沈思したままだった。

「赤目様、森に来て内紛に踊らされるだけでは詰まりますまい。ご先祖の本家か分家がいれば、赤目様と同じ血を引いておりますぞ」

「血な、わしの一家は血筋の異なる者たちの集まりでな」

念頭に薫子の一件を想いながら小籐次が言った。

「池端恭之助どのの申すこと、駿太郎の実父と実母の行跡を尋ねた丹波《たんば》篠山《ささやま》の出来ごとが思い出されるな。こたびはわしの先祖様捜しか。よかろう、駿太郎、調べてみよ」

と小籐次が息子に許しを与えた。


三人が御料理の間に向かうと、大書院に集っていた上士・中士、二十数人がいて、それぞれに膳が出ていた。

「おお、赤目、少しは休めたか」

と通嘉が声をかけ、自分の席へと招き寄せた。その場に向かったのは、小籐次と近習頭の池端恭之助のふたりだ。駿太郎はどうしたものかと宴を眺めていた。

景気のよい集いとは呼べそうにない。

「駿太郎、予の傍で酒食をともにするのは嫌か」

「殿様、それがし、十四歳にございます。酒よりどんぶり飯が所望です」

「池端、酔いどれ小籐次の異名をとる父とえらい違いじゃのう」

「赤目様一家は、血のつながりはございません。父御は天下の大酒家だとしても子息はどんぶり飯の大食らいで不思議ではございますまい。殿、駿太郎どのはそちらの小姓どのといっしょに夕餉《ゆうげ》を食させてはなりませぬか」

池端が通嘉に執り成して小姓ふたりと駿太郎は、膳をもらい、御料理の間の片隅で晩めしを取ることになった。

小姓のひとりが、

「赤目駿太郎どのは、真に十四にございますか」

とどちらに行っても受けるいつもの問いを発した。

「おふたりはおいくつですか」

「私、清水佳太郎《よしたろう》は十五歳、弟の久世吉《くぜきち》は十三歳です。ふたりの力を合わせても駿太郎さんのお力に敵いません」

兄の佳太郎が駿太郎の評判をだれから聞き知ったか驚きの眼で見た。

「どうすれば駿太郎さんのようにしっかりとした体付きになりましょうか」

と久世吉が問うた。

「剣術が好きで三度三度のめしをしっかりと食せばかような体になります」

と言った駿太郎は供された野菜の煮付けで最初のどんぶり飯を黙々と平らげた。

小姓の清水兄弟は無言で駿太郎の箸の動きを見詰めていた。

四

駿太郎は、翌朝、七つ半（午前五時）と思しき刻限に目覚めた。

昨日、長い一日を過ごし、夕餉を摂って寝所に寝たのが四つ（午後十時）の頃合いだろう。赤目父子のために八畳間に三畳の控えの間がついた客間が用意されていた。

佳太郎・久世吉の小姓兄弟に駿太郎が客間に案内されたとき、寝床はふたつ、八畳間に敷いてあった。それを見た駿太郎は、自分の寝床を三畳間にさっさと移しながら、

「父の鼾《いびき》がうるさいのです」

と言った。すると弟が、

「うちの爺様も凄い鼾です、駿太郎さんの気持よく分かるな」

と得心した。

何刻か判らないが小籐次が寝所に戻ったのに駿太郎は気付いた。

「父上、大丈夫ですか」

「おお、なんとも大変な一日であったな」

と疲れた声でぼやいた。だが、それ以上のことは言わず、寝床にごろりと横になり、しばらくすると鼾が聞こえてきた。

五十路《いそじ》を何年も前に超えた父は無理をする年齢ではない。早く森陣屋での用事を済ませて、三河に戻りたいと考えながら、駿太郎は二度寝した。

そんなわけで三刻（六時間）ほど熟睡した駿太郎は、脇差を腰にして愛用の木刀を手に森陣屋の外へ出た。館の大門を出たところに広場があったと記憶していた駿太郎は、その広場で素振りをいつものようにこなした。

四半刻（三十分）も無心に繰り返すとうっすらと汗が額に浮かんできた。

さらに広場のあちらこちらに柱が立っていると想定し、望外川荘《ぼうがいせんそう》の庭先の野外道場で何年も繰り返してきた稽古、走り回りながら「柱」の前にくると垂直に飛翔してその頂を打ち据え、地面に着くやいなや次なる「柱」に駆け寄る動きをひたすら繰り返す。

何者かが見詰める「眼」があったが、駿太郎が動きを止めることはなかった。最後に木刀にて来島水軍流の序の舞から正剣十手を行い、朝の稽古を終えた。すでに森城下には朝が到来していた。

館の背後に角埋山が聳《そび》え、そのふもとに初代藩主久留島長親が伊予の大山祇社の祭神を分霊した三島宮の石垣が見えた。

駿太郎はそちらには足を向けず、米問屋にしてなんでも屋のいせ屋正八方を訪ねてみることにした。

年寄りは早起きだ。隠居の六兵衛《ろくべえ》は起きて茶を喫していた。

「おお、えらい汗を掻いてござるな」

「館の前の広場で素振りをしました」

「それで汗を掻いたか。どや茶を一服喫したら朝風呂にいかんか」

「おや、森城下には湯屋がありますか」

「小川のそばからぬる湯が湧きでておってな、追い焚きして町屋の湯にしとる。この刻限は年寄りばかりじゃ」

「それはいい」

六兵衛が娘のおかるに湯の仕度をさせる間、駿太郎は茶をゆっくりと喫した。汗を掻いたあとだ、茶が甘く感じられた。

「待たせたな。この風呂敷を持ちない」

隠居に渡された風呂敷包みを駿太郎は受け取った。

手拭いや着替えと思しき包みを下げて、駿太郎は六兵衛といっしょに小川の傍から湯けむりがあがる湯屋を訪ねた。すると賑やかに子どもの声がしていた。なんといせ屋正八方の六人兄弟姉妹たちが朝風呂で遊んでいた。

「昨日はありがとう」

刀鍛冶の播磨守國寿師の鍛冶場まで連れていってくれた孫たちに礼を言った。すると長男の正太郎も、

「駿太郎さん、小遣いありがとう。一朱は、三島宮の祭りの日まで母ちゃんに預けたぞ」

と礼を述べ、使い方まで報告した。

「おい、子どもらはそろそろ上がれ」

爺様の六兵衛に命じられた孫たち六人が大きな湯船から上がって出ていくと、

田圃の湯は急に静かになった。

六兵衛と駿太郎のふたりだけが、森川に流れ込むという小川と豊かな実りを想像させる水稲が見える湯屋を占拠した。木刀を湯船まで持ち込む駿太郎を見ても、六兵衛はそのことになにも触れなかった。

かかり湯を掛けたふたりは湯船に身を沈めた。

田圃の湯は肌に優しい湯だった。

駿太郎はふと別府の野湯を思い出していた。そして、豊後は、

「湯の国」

だと思った。

「森の館はどうな」

「厄介だらけで、かように長閑《のどか》な気分にはなれません。それがし、館の寝所より湯屋の板の間に寝たいくらいです」

「館から伝わってきたぞ。殿様の前で国家老様と親父様のふたりが激しく言い争ったそうやな」

「それがしはその場におりませんで子細は知りません。それにしても町屋にもかように早く陣屋内の出来事が伝わってくるものですか。昨日の今日ですよ、驚い

たな」

「森は狭い城下や、どこからでもすぐに話が洩れてくる、洩れてくる」

と六兵衛が両手で湯を掬《すく》い、指の間から湯が洩れる様を駿太郎に見せた。

「そうですか、湯を伝って陣屋からあれこれと話が流れてきますか。国家老様一派の動きはどうですね」

「そやな、国家老さんの一統は、おまえ様父子ふたりの扱いに手を焼いておるぞ。大坂からの船旅の間でも頭成でも、そのうえ八丁越でも負け戦ばかりじゃろうが。この数年、国家老さん一統の鼻息が荒かったがな、昨夜は大荒れに荒れたそうや」

なんでも屋でもあるいせ屋正八の隠居は、森陣屋の内情もよく承知していた。

「城なし大名がいつまでも二派に分かれて争うのは賢いことではありませんよね。森藩には他藩にはない明礬《みようばん》があるのです。殿様を中心に一家がひとつにまとまれば、小さくても城がなくても豊かな森藩になるのではありませんか」

「国家老さんは、容易く金づるは手離すまいな。殿様もそれでは困るで、諍《いさか》いは続く」

いせ屋正八の隠居の御託宣であった。

　ふたりはしばし朝風が豊かな稲穂をそよがす光景を眺めていた。

「駿太郎さんや、おまえ様の親父様は公方様の密偵やという話が陣屋から流れてきたぞ。真かな」

　六兵衛が視線を田圃に預けながら独り言のように呟いた。

「わが父の生計《たつき》は研ぎ屋です。たしかにわれら親子、千代田城に呼ばれて公方様に拝謁し、いっしょに来島水軍流の剣技を披露しました」

「なに、赤目父子で来島水軍流を披露したか」

「はい。その折、それがし、上様より一文字則宗《のりむね》を拝領しました」

「なんとおまえさんが昨日差しておった長い刀が家斉様から頂戴した刀か」

　駿太郎がはい、と頷き、

「とは申せ、父が密偵などという面倒な役目を負わされているとは、倅のそれがしは知りません」

　と続けた。

　むろん父が老中青山忠裕と親交があり、互いに助け合って公儀の役目を密かに果たしていることを駿太郎は承知していた。しかしこたびの森藩訪《おとな》いは、格別に青山の命を受けていないこと、反対に森藩の内紛が江戸幕府に知られるのを防ごうと小籐次が考えていることを察していた。

「そやな、公儀が眼をつけるほどのもんは森藩になんもないな。この界隈でただ一つの城なし大名やしな」

六兵衛の言葉を駿太郎はしばし考えた。

「ご隠居、城なしのままで森藩は不じゆうがありますか。公儀の眼を気にすることもなし、これまで諍いもなかったのではありませんか」

六兵衛が駿太郎の顔を正視し、

「駿太郎さんは真に十四か」

と呟き、

「まだ三島宮は見とらんな」

「なにか格別なものがございますか」

「石垣が見物やな。その他に喜藤次泣かせの石かのう」

「喜藤次泣かせの石とはなんですか」

「喜藤次さんは太田村の庄屋さんやでな、三島宮に使う石を運ぶ人夫使役を命じられたんや。森川の流れと人足たちを使って大石を御殿裏門前まで運んできたとこまでは上々吉。ところが裏門前から動かせず、馬やら牛やら、大勢の人足を叱咤したがな、全くどうもならん。わしもその場を見たが、不思議な光景やったぞ。一寸たりとも大石は頑固に動かんのよ。それでな、根気が尽きた庄屋の喜藤次さんがよ、地団駄ふんで、わあわあと泣きに泣きよったのよ。それで喜藤次泣かせの石と呼ばれて、いまも御殿裏門に坐ってござるわ」

と隠居が説明してくれた。

「なぜ、さような大石を遠くから運んできたんでしょうね」

「八代目の殿さんは、城なし大名の名をなんとしても消したいのと違うか。まあ、三島宮を親父様と見てみんね」

「出来るだけ早い機会に神社を訪ねます」

頭成でも石垣を見せられたなと大山積神社を駿太郎が思い出したとき、年寄りふたりが田圃の湯に入ってきた。

「そん若い衆が酔いどれ小籐次様の息子な」

「おお、酢屋の隠居さんよ、わしもまだ赤目様に会うてはおらんが、この若侍が赤目駿太郎さんぞ」

「わしはちらりと酔いどれ様らしき人を見かけたが、わしらと同じ年寄りやぞ。この若い衆は孫と違うな」

酢屋の隠居と呼ばれた年寄りが駿太郎をしげしげと見た。

駿太郎は、どこでも聞かれる疑問の説明をここでもする羽目になった。

「あの酔いどれ爺様は、あんたさんの養父ならばたい、父子で歳が離れていてもおかしかないな」

もうひとりの年寄り、油屋の隠居が得心した。

年寄り三人が集まった湯で駿太郎は、

「この森城下の界隈に赤目姓のお方は住まいしておりませぬか」

と質してみた。

「なに、赤目姓な、この豊後玖珠では珍しか姓たいね、聞かんな。酔いどれ小籐次様の先祖は、この玖珠の出な」

いせ屋正八の隠居六兵衛が反問した。

「父が申すには、今から百六十年も前、森藩の三代目の殿様の代あたりに江戸に連れてこられ、下屋敷の厩番になったのではないか、その程度のことしかわからないようです」

「百六十年前やろうと、赤目小籐次様の先祖が森の出ならば、赤目姓の分家か親戚筋が残っていても不思議じゃなかろ。けど、わしらは赤目姓の侍や中間を知らんな」

「知らん知らん」

と隠居ふたりが声を揃え、

「こりゃ、館の藩籍簿を調べるしかなかろうもん」

と六兵衛が言った。

「いせ屋正八の隠居、藩籍簿はすべて国家老さんが抑えておろうが」

「おお、そやそや。ただ今の殿さんが招いた酔いどれさんの頼みなど聞かんやろ」

と酢屋の隠居がいい、

「おお、聞かん聞かん。昨日も陣屋で大喧嘩したとやろ」

と油屋の隠居も応じた。

「森城下ではなく在所かもしれませんよ」

駿太郎が別の見方を呈した。

「駿太郎さんや、あんたさんはもはや承知やな。森藩一万二千五百石は、頭成のある速見郡、森陣屋のある玖珠郡、それに札本《ふだもと》役所の日田《ひた》郡の三つがあるけど士分なら大体分かっちょる」

酢屋の隠居が言い切り、

「森藩の家臣方はわしらと違い、瀬戸内の来島、因島《いんのしま》、能島《のしま》の三つを合わせて、『三島《さんとう》村上氏』と呼ぶ瀬戸内の海賊と関わりあるとよ。このなかで来島一族だけが大名さんに取り立てられたこと、知っとるな、駿太郎さん」

と油屋の隠居が物知りぶりを発揮した。

「三島村上氏ですか、初めて聞く言葉です」

駿太郎は、三島宮の本宮大山祇社や来島に立ち寄って来島一族について少しだけ聞き齧《かじ》ったことを三人の年寄りに告げた。

「赤目姓がおったか」

「いえ、この森に着いて赤目姓の末裔がおるのではないかと思い付いたのです。あちらではだれにも赤目姓のことを尋ねませんでした」

駿太郎の返事に三人が湯のなかで思い思いに考え込んだ。

いせ屋正八の隠居六兵衛が駿太郎を見て、

「いいな、あんたの親父様の先祖が来島水軍流と呼ぶ剣術を創始したのならば、三島村上氏の出ということや、こりゃ、まず間違いなかろう。まして海から山に追いやられた森陣屋に関わりがあるならば、赤目姓はこの森の所領に残っておっておかしゅうない。なんで残ってておらんのやろ」

と首を傾げた。

「おかしかね、陣屋に聞かれんならたい、寺ならどうな」

油屋の隠居が思い付き、

「おお、藩主久留島家の墓所のある安楽寺《あんらくじ》の和尚に聞くと知っとるかね」

と酢屋の隠居が応じた。

湯のなかで腕組みしていたいせ屋正八の隠居が、

「おかしかね。赤目姓が一家ということはあるまい、わしらはこの五十年の間の出来事なら大概覚えとる。赤目姓の人間に会ったこともなければ聞いたこともない。どういうことやろか」

と疑問を繰り返し、

「ああ、珍しか姓や、一度聞いたら頭に刻み込まれるわ」

と言った酢屋の隠居と頷き合った。

「父が江戸藩邸の下屋敷の厩番、下士であったように先祖も決して身分が高かったとは思えません。ひょっとして姓を捨て、名だけでこの地に生きているということはありませんか」

「そりゃありうるな」

と応じたいせ屋正八の隠居が、

「ただ今、陣屋では、藩主久留島通嘉様を守《も》り立てる江戸藩邸派と国家老嶋内主石様を頭領と考える一派とに分かれて争ってござるな。百何十年も前にもこのようなことがあって、赤目家は騒ぎに巻き込まれたと。そんで酔いどれ小籐次様の先祖が江戸に逃れ、他の赤目姓の縁戚の者はこの地で潰されたということはないな」

と大胆なことを言い出した。

「そりゃ、あってん不思議はなか。けど、それを調べるのは国家老一派が抑えている藩籍簿を調べるしかなかろう。潰された家系ならば、認められておらんかもしらん」

と酢屋の隠居が推量を交えて応じた。

そのとき、寺の鐘が鳴って五つ（午前八時）を告げた。

「おお、もうこげん刻限な、駿太郎さん、腹が減っとらんね」

「ああ、はい、空腹です。陣屋に戻り、朝めしを頂戴します」

「それもよかろうが、どうね、わしといっしょにいせ屋正八の朝めしを食わんね」

「昨日もうどんを馳走になりましたよ」

「朝めしは大釜で炊き立てよ。新米じゃなかが森の米は美味《うま》いぞ」

といせ屋正八方の隠居が自慢した。

「馳走になってようございますか」

「うちは一人ふたり増えてんなんのことはなか」

「そやそや、いせ屋は米問屋でなんでも屋や」

と油屋の隠居が言ったとき、脱衣場に羽織袴姿に覆面をした三人の武士が飛び込んできた。

「お侍さん、なんの真似な」

と六兵衛が田圃の湯に立ち上がって叱咤した。

そのとき、駿太郎は湯船の傍らに置いた木刀をすでに摑んでいた。

「ご隠居方、湯に浸かってくだされ。ええ、さほど暇は取らせません」

と駿太郎が言うと、たんぽ槍と呼ぶ稽古用の木槍を構えたひとりを真ん中に、左右のふたりは木刀を構えて無言で迫ってきた。

「ご隠居、湯船の下を流れる小川は深いですか」

「この辺りでは三、四尺ほどかね」

酢屋と油屋のふたりの隠居が米問屋の六兵衛の言葉に頷き合った。

「季節も季節です。ここから飛び降りても冷たくはありますまい」

「駿太郎さん、まっ裸で流れに飛び降りると」

「いえ、飛び降りるのはあちらの三人です」

と言った駿太郎が湯のなかに立ち上がった。

その瞬間を狙ったようにたんぽ槍を構えた武士が踏み込んできた。

駿太郎の木刀が躍ってたんぽ槍の柄を叩くと、ぽきん、と二つに折れ飛んだ槍の柄を持った若い武士の体が湯船のうえを飛んで小川に落ちていった。

「おのれ。許さぬ」

とふたりめと三人めが、裸で木刀を正眼に戻した駿太郎に左右から躍りかかったが、木刀がどう操られたか、湯のなかに首まで浸かった三人の隠居には見極めつかなかった。

ただ、湯船のうえを国家老一派であろう羽織袴の武士ふたりが木刀を手にしたまま飛んでいき、水音が、ちゃぽんちゃぽんとふたつした。

しばし間があって駿太郎が、

「ご隠居方、怪我はありませんか」

と質した。

「な、ないない」

と油屋の隠居が驚きを隠せぬ表情でいい、酢屋の隠居が、

「田圃の湯のうえを、羽織を着たまぐろが飛んでいったぞ、あの勢いなら森川まで流れていかんね、いせ屋正八の隠居」

「おお、森川まで流れていこうたい。なかなかの見物やったわ、駿太郎さんや」

「あの三人の正体は分かりますか」

「森陣屋には何百人も家来はおらん。三人して名を上げろといいなるなら言おうか」

「隠居方、名は要りませぬ、正体を承知かどうか聞いてみただけです」

駿太郎が木刀を手に持ったまま湯に身を沈めた。

# 第二章　二剣競演

## 一

いせ屋正八方で森産の米を炊いた朝餉を馳走になった駿太郎は、さっぱりとした表情で陣屋に戻った。

大門を潜り、初めて訪ねる館の棟のひとつ、久留島武道場に駿太郎は足を向けてみた。

稽古の刻限だと思ったが、妙に森閑としていた。

森藩の剣術は、代々直心影流《じきしんかげりゅう》と一刀流の二派が競い合って稽古をしてきたと駿太郎は聞いていた。

道場の入口に大きな楠《くすのき》が聳えていた。二百年ははるかに超えた老木だ。それはまるで森藩の武術の守り神のように堂々としていた。その太い幹を背に小姓の清水佳太郎が稽古着姿で立っていた。

「駿太郎さんだ」

と洩らした佳太郎に、

「どうしました」

「道場の様子がいつもと違います」

と当惑した顔で言った。

「どういうことでしょう」

「御用人頭の水元様がお見えになり騒ぎがあったのです。陣屋のなかでは武道場だけが、政《まつりごと》を持ち込まない場でした。それが国家老一派に雇われた刺客たちが強引に道場で稽古をして以来、殺伐とした様子に変わりました」

佳太郎が背後の道場を振り返った。

「本日は直心影流、一刀流、どちらの流派の稽古日ですか」

「うちはどちらの稽古日ということはありません。両派が仲良く稽古をしています。直心影流の浅川先生が身罷《みまか》られて、ただ今は物頭の最上様が直心影流の師範代を勤めておられます」

「そうでしたね。最上様が師範代と頭成で聞きました」

「最上様は参勤交代の一行を頭成に迎えにいかれましたので、その間は溝口《みぞぐち》壱《いち》右衛門《えもん》先生が両派の指導をしておられました。本日は、最上様もおられます」

駿太郎はしばし迷った末に、

「溝口先生は御家臣ですよね」

「大山奉行をお勤めです」

「大山奉行、ですか」

駿太郎には大山奉行の役目が浮かばなかった。

「大山奉行は、三島宮の宮司のような役目です」

一刀流の指導者にして、神社の宮司のようなお役目となると、内紛とは関わりがないのではと勝手に駿太郎は推量した。

「溝口師範は、両派のどちらかに与しておられますか」

「政にはあまり関わりをお持ちではありません。ちなみに存命中の浅川先生は国家老様とは犬猿の間柄でした」

駿太郎の推測どおりのことを佳太郎が告げた。

「さような道場でなにが起こったのです」

「最前、御用人頭の水元様が道場にお見えになり、溝口師範に何事か命じられたようです。ですが、稽古中ゆえ出来かねるとお断わりになったようで、御用人頭が、いきなり『国家老の申されることが聞けぬか、溝口』と怒鳴られました。それで道場内が騒然として、武道場にいた家来衆が溝口師範の返事に注目しました」

「溝口師範はなんとお答えになられました」

「師範はもの静かに、『御用人頭、当武道場の看板を忘れられましたかな。久留島武道場とありましょう。藩主の名の道場ゆえ、藩主の命以外は聞き入れられませぬ』と答えられました」

この返答を聞いた駿太郎は、森藩にも気骨のある人物はいると安堵した。

「未だ御用人頭は武道場におられますか」

「いえ、なにか師範に怒声を浴びせて裏口から出ていかれました」

中断していた稽古の木刀や竹刀を打ち合う音が響き始めた。

「佳太郎さん、それがし、久留島武道場で稽古がしとうございます。溝口師範のお許しが得られましょうか」

「駿太郎さんの願い、溝口師範は、きっと喜ばれましょう。それがしが口利きいたしましょうか」

「お願いします」

駿太郎は佳太郎に案内されて武道場に足を踏み入れた。

一見して八十畳から百畳ほどの広さの道場で三十人ほどの家臣が稽古をしていた。

駿太郎は見所《けんじょ》に神棚があるのを眼に留めて道場の床に正座をすると拝礼した。

「駿太郎どの、ようお見えになった」

と声がかかった。

直心影流の師範代、稽古着姿の物頭最上拾丈だった。

最上の隣に立つ稽古着姿の武芸者が溝口壱右衛門だろう。ふたりの傍らに口利きした佳太郎がいた。

駿太郎は最上拾丈に会釈すると、一刀流の指導者に視線を向けた。すると、

「参勤下番の同行、ご苦労にござった」

と先方が先に声をかけてきた。

「溝口壱右衛門先生にございますね。それがし、赤目駿太郎にございます。武道場での稽古、お許し願えましょうか」

「われら、流派は違えど剣術を学ぶ者同士、こちらには直心影流の最上どののもおられる。久留島武道場、赤目駿太郎どのの稽古、大いに歓迎致す」

と許しを与えた。

床から立ち上がった駿太郎を見た溝口が、

「最前から最上どののよりそなたのこと、あれこれと聞かされておった。じゃが、眼前におられる若武者が来島水軍流の遣い手赤目駿太郎どのとは信じられぬ」

と呻いた。

「父と違い、背丈が高いだけの未熟者です。道場の隅をお借りします」

駿太郎は独り稽古をする心算で言った。

「駿太郎どの、せっかく森藩の久留島武道場を訪ねられたのじゃ。ここは同好の士と稽古をなさりませぬか」

と壱右衛門が最上拾丈を見た。

「さあて、駿太郎どのと打ち合える家臣な」

と最上が首を捻《ひね》った。

そんな見所前の気配を、稽古をしながら家臣たちがちらりちらりど見ていた。

「一同、稽古、止め」

師範の溝口の命に三十人余の家臣たちが壁際に下がり、

「清水佳太郎、赤目駿太郎どのを控えの間に連れて参り、稽古着に替えてもらえ」

佳太郎に指示した。

「師範、駿太郎さんの背丈の稽古着がありましょうか」

「うむ、背丈はどれほどかな」

「六尺二寸をいくらか超えております」

「十四歳で六尺二寸超えか。裾が短くてもこの際、我慢してもらうか」

と溝口が言い、ふたりが控えの間に向かうのを見て、

「最上どの、そなた、あの若武者と立ち合ったことはござるか」

「ありませぬ。されど駿太郎どのの力は察しております」

「ほうほう、どれほどの者か」

「溝口師範、国家老の褌《ふんどし》かつぎが金子で集めた十三人の刺客らがこの武道場で稽古しましたな」

「おお、なんとも殺伐とした打合いでござったな」

と溝口師範が思いだすのも嫌という顔付きで言い放った。

「あの刺客どもの頭分林埼郷右衛門《はやしざきごうえもん》どのの二番手か三番手と見た武芸者がいたのを覚えておられるか」

「お、名はなんと申したか」

「柳生七郎兵衛と申さなかったかな、おそらく偽名でござろう」

「その者がいかがした」

「いや、あの者、十三人の刺客で父子ふたりを襲うのは、武芸者にあらずと一味を抜けて、独りで駿太郎どのに尋常勝負を挑みましたそうな。それがし、その勝負を見ておりませぬ。されど近習頭池端恭之助どのの中間が密かに見ておりましてな、別府・照湯近くの親子岩での壮絶なる勝負の模様を池端どのの口を通して知りました」

「駿太郎どのは生きてこの森陣屋におる」

「さよう、柳生どのを木刀の一撃にて叩きのめした赤目駿太郎どのは手加減しておった様子と中間は見ています。歳が若いとはいえ、修羅場を潜った者の強さでしょうか」

「なんとあの若武者、修羅場を潜っておりますか」

溝口の問いに頷いた最上が、

「ついでに申し上げておく。八丁越の戦いは、頭領の林埼どのと赤目小籐次どのの尋常勝負にござった。こちらはそれがし、しかと拝見致した」

溝口師範が最上物頭を見た。

「参勤行列に加わっていた家臣にそれがしの弟子が何人もおる。じゃが、だれもなにも言わん」

「いや、話せるものではござらぬ。ただ、それがし、五体の震えがいつまでも止まらなかったことだけを伝えよう」

「なんと」

「あの父子、並みの剣術家ではござらぬ。この場におる三十人が束になっても十四歳の若武者は一打として触れさせてくれまい。溝口どの、駿太郎どのには好きなようにこの武道場で稽古をさせよ、と申しておく」

と最上が言ったところに稽古着の駿太郎と佳太郎が戻ってきた。稽古着の袴の裾から伸びやかな足が見えた。

「溝口どの、それがしが最初に恥を掻こう。それを皆もとくとご覧なされ」

と最上が言った。

「なんと」

と溝口は一瞬驚いたが、ゆっくりと頷いた。

「駿太郎どの、それがし、久しく武道場で体を動かしておらぬ。稽古相手を願えぬか」

「えっ、最上様がご指導くださいますか。赤目駿太郎から伏してお願い申します」

駿太郎の言葉に木刀を手にした最上が頷いた。

駿太郎は正面の神前に向かって左に位置した。

直心影流の師範代に対して、仕太刀、つまり下の者と己を任じたのだ。それを見た最上拾丈が打太刀と呼ばれる有攻、上の者の位置に着いた。

打太刀は、初心の者に対して技の先導役を勤めねばならない。先ず仕太刀に仕掛けて、攻める機会を与えるのだ。

最上拾丈にとっていつも為す役だった。

だが、本日の最上は本気で攻めることを心に期していた。

互いが正眼に構え合った。

駿太郎は鏡心明智流の桃井春蔵《もものいしゅんぞう》の教えの正眼だ。

一方、最上のそれは駿太郎の正眼より上にとり、直心影流で、「陰《いん》の構《かまえ》」と呼ばれるものだ。

両者が木刀を構え合った途端、気合を発して最上が攻めた。本気で攻めようとした。

森藩の物頭、最上の陰の構からの電撃の攻めをだれも知らなかった。

駿太郎は電撃の打ち込みを待った。

溝口壱右衛門は、うむ、と最上の先《せん》の先《せん》に驚きを隠せなかった。さすがに駿太郎も動けまいと思った。

駿太郎はぎりぎりまで待って踏み込むと、最上の電撃の打ち込みに木刀を合わせ、最上の左側に身を移して攻めをそよりと避けた。

「おおっ」

と驚きの声が場内から上がった。

両者は同時に反転し、こたびもまた最上が直心影流の「法定《ほうじょう》四本之形」の二本目、一刀両断で、上段より木刀を駿太郎の長身の脳天に落としていた。

駿太郎は受けた、弾いた。

最上拾丈の攻めは弱まらなかった。いや、一段と激しさを増した。

かような最上拾丈を久留島武道場にいた家臣のだれひとり見たものがなかった。

溝口はさすがの駿太郎も防御に廻っていると見た。

だが、攻める最上の間を駿太郎が読んで守りに徹していることにふと気付いた。

（なんということか）

十四歳の若武者が最上の攻めを楽しんでいると思った。

武道場のなかに両者の攻めと防御があった。

刹那《せつな》の弛緩もない打ち合いだった。

小姓の清水佳太郎は、いつ、駿太郎が攻めに転じるかと息を飲んで打合いを見ていた。だが、駿太郎は守りに徹している、いや、守りに追われているか、と考えた。

いつか最上拾丈の木刀が駿太郎の面を襲うと考えていた。

ふと佳太郎は気付いた。

両者は武道場の中央でたがいが位置を変えつつも、最上が一直線に攻め切り、駿太郎が道場の壁際に押し込まれることもなかった。

両者は、せいぜい三間の間合いのなかで攻めと守りを繰り返していた。

（どうしたことだ）

いつしか最上拾丈と赤目駿太郎の攻防は四半刻を過ぎ、半刻（一時間）に近づきつつあった。

駿太郎は、最上の攻めがわずかに乱れてきたと感じたとき、初めて、守りから攻めに転じた。

「おおっ」

と武道場内に驚きの声が洩れた。

だが、さすがは直心影流の師範代だ。

駿太郎の真っ正面からの攻めを弾いた。よろめいた駿太郎が、

すいっ

と木刀を引き、その場に坐した。

「最上先生、ご指導有難うございました」

と礼をした。

立ったままの最上拾丈が、

「われら森藩家臣、来島水軍の武術を忘れておったか」

と悔いの言葉を思わず洩らした。

「最上先生、それがし、久留島武道場の剣技十分に堪能致しました」

「駿太郎どの、われら、海から山に上がって井の中の蛙に墜ちておりました」

　と両者が言い合った。

「最上先生、それがし、赤目駿太郎どのに稽古をつけてもらいとうござる。お許し頂けますか」

　と言い出したのは、頭成から壱番組の使役方頭分を務めた久留島求馬助だ。

「求馬助、それがしの攻めをどう見た」

「は、はい」

「忌憚《きたん》ない考えを述べよ」

「それがし、どちらが攻めておいでか、どちらが守りに徹しておられるか、判断がつきませなんだ」

「よう見た、求馬助、それが判っておれば、駿太郎どのに稽古を願ってみよ」

　と許しを与える最上の顔に笑みがあった。

　駿太郎と求馬助が竹刀で打ち合い稽古を始めた。

　それを見ながら溝口壱右衛門が、

「あの若武者、最上師範代を相手に力を出しておりませぬな」

「おりません。われらの違いは技量の差なのか、修羅場を潜ったか否かの違いなのか。赤目様父子が森陣屋におられる間、それがし、指導を乞います」

最上の言葉に溝口が大きく頷いた。

稽古を終えた駿太郎が宿所に戻ると、小籐次が三河のおりょうと、老中青山忠裕の密偵おしんと中田新八の両名、さらには紙問屋久慈屋の主昌右衛門《まさえもん》と大番頭宛てに三通の書状を書き上げたところだった。

「おお、その汗を見ると稽古をなしたか」

「はい、物頭の最上様に稽古をつけてもらいました」

「それはよい経験であったな」

と言った小籐次が、

「わしのほうは、三通の文を書くのに力を使い果たしたわ」

と嘆いた。

「このあと、なんぞ殿様の予定が入っておりますか」

「公儀の幕閣方に無事国許に着いた旨の書状を認める、大事なお務めがあるとか。祐筆らと殿はこの数日は、この務めに専念されるそうな。まあ、わしが三通の文を認めるのとは違って参勤下番の報告は大変らしい」

「ならば、父上、その文を出しがてら米問屋のいせ屋正八方と、次直の研ぎを願いに、播磨守國寿師の作業場を訪ねませぬか」

「おお、それはよい考えじゃ。さて、森城下に飛脚屋はあるかのう」

「それこそなんでも屋のいせ屋正八の隠居どのに聞けば直ちに教えてくれましょう。それとも父上、殿様が幕閣にお出しになる飛脚便に加えてもらいますか」

「駿太郎、森藩の飛脚便にわしの私信を加えるなど一番為してはならぬこととは思わぬか」

「おお、いかにもさようでした」

三通の書状を携えた赤目父子が館の大門を出た。

昨日はいなかった門番が、

「お客人、どちらに参られますな」

「どこということもないが、城下をぶらついてみたくてな」

と応じた小籐次は駿太郎の案内でいせ屋正八方を訪ねた。

「六兵衛様、父の赤目小籐次を伴いました」

「おお、天下一の武芸者が森のなんでも屋を訪ねてくれましたか」

と六兵衛が感激した。

「倅が世話になっておるな。これらの書状三通、江戸に二通と、三河国の旗本三枝家の所領に一通を出したいが飛脚屋はどこかのう」

「赤目様、なんでも屋の看板は伊達《だて》ではないぞ。うちが扱っておるわ。とはいえ、江戸二通、三河宛てにもう一通じゃと。江戸まで十五日から二十日はかかろうぞ、江戸の二通は同梱できぬか」

「おお、それはなるな。三河は致し方ないのう」

「となれば」

いせ屋正八方の隠居は帳場机からなにやら書付を出してみていたが、

「四両一分もかかるぞ。物入りじゃ、江戸の分だけでも藩の御用嚢《ぶくろ》に入れてもらえぬか」

「ご隠居、藩の飛脚は国家老一派が扱うのと違うか。あの者たちにわが私信をいじられたくないのう」

「おお、分かったぞ。明朝な、わしの知り合いが頭成に発つ。その者に塩屋にこの書状を届けさせよう。飛脚代は、赤目様、そなた方が頭成に戻った折に塩屋に払いなされ」

二

小籐次は芝口橋北詰の紙問屋久慈屋昌右衛門に宛てた書状のなかに老中青山忠裕の密偵おしんと中田新八両名に宛てた書状を加えた。この二通を一通に同梱する手間をかけ、明朝頭成に発つといういせ屋正八の知り合いへの一分の礼金とともに隠居の六兵衛に預けた。

赤目父子は、いせ屋正八方で茶を馳走になったあと、鉄砲町の播磨守國寿師の鍛冶場を訪ねることにした。

「父上、やはり江戸は遠うございます」

飛脚便について駿太郎は触れた。

「おお、江戸が遠いというより豊後国森陣屋が江戸から離れているのであろう。かようなところにようも刀鍛冶がおられたな」

と言い合いながらいくと、鍛冶場から耳に心地よい鎚音《つちおと》が響いてきた。

森藩藩主久留島通嘉から三人扶持《ぶち》六石を拝領し、召し抱えられた刀鍛冶播磨守國寿の鍛冶場だ。

「刀匠」という駿太郎の声に鎚の手を休めた國寿が赤目父子を見た。うんうんと頷いた刀鍛冶が、

「駿太郎さんや、父御の赤目小籐次様を連れて参られたか」

と言いながら小籐次に会釈した。

破れ笠を被った大頭の小籐次はにこにこと笑みの顔できちんと整えられた鍛冶場を眺め回すと國寿と視線を交わらせ、

「刀匠、倅が世話になっておる。わしが駿太郎の父の赤目小籐次にござる」

と挨拶した。

「赤目様、よう参られた。駿太郎さんから聞いたが、刀の研ぎをなさりたいとか」

「いささか事情がござってな、刃こぼれをしてしまった。赤目小籐次、未だ剣術成らずということよのう」

「腰の一剣ですな」

「わが先祖がその昔、この界隈の戦場《いくさば》にて相手の武者から奪ったか盗んだかと言い伝えられた無銘の剣じゃが、江戸の研ぎ師は備中次直と見立ておった」

「ほう、南北朝期の次直でございますか。赤目様、田舎鍛冶の私めに見せて頂け

ませぬか」

と國寿が願った。

お互い刀鍛冶と研ぎの技量を持つ職人同士だ。すぐに気持ちが通じあった。

「むろん研ぎに出そうと思うていた刀だ。刀匠、備中次直かどうか確かめてくれぬか」

腰から抜くと白衣の國寿に渡した。

「昨日は子息の備前古一文字則宗、親父様は次直にございますか。眼福です」

と応じながら小籐次の愛刀を神棚に奉じて、

「拝見致す」

と告げた國寿が刃渡二尺一寸三分の鞘を静かに払った。

國寿の厳しい眼が夏の光に冴えわたった地刃を、刃文の華やかな逆丁子《さかちょうじ》をしげしげと観察した。そして、うーむ、と洩らしながら物打《ものうち》付近についた微かな刃こぼれを眺めた。

小籐次が香取神道流兵法の達人林埼郷右衛門と死闘を繰り広げた折についた傷だ。

國寿が小籐次の顔に視線を戻した。

「赤目様、わしも江戸の研ぎ師同様に備中国次直と推量しました。目釘を外して茎《なかご》を見させてもろうてようござるか」

「好きなだけお調べなされ」

小籐次の言葉に目釘を外した國寿が茎を見て、

「赤目様の先祖がこの刀を戦場で得たということは、大友氏と薩摩の島津一族との戦にござろうな。戦国武者はよき刀をお持ちだ」

と言い切り、

「刃こぼれじゃが、赤目様が研がれますかな」

と質した。

「倅に聞いたがこちらに出入りの研ぎ師がおるとか」

「はい、出入りと呼んでよいかどうか、おりまする。されどこの者、森城下ではのうて角埋山のふもとにある十一丈滝の滝壺そばの住まいにて研ぎをなしておりましてな、森藩の上士が客であっても、催促されると、『気が乗りません』と断わりおります」

「ほうほう」

と小籐次が関心を持ったという顔付きで頷いた。

「昨日、駿太郎さんにこの次直の刃こぼれを聞かされておりましたで、迎えに人を出そうかと思うておりましたところです」

と研ぎ師について触れた。

「研ぎ師どのの名はなんと申されるな」

「わしらは十一丈滝の親方を縮めて滝の親方と呼んでおりますが、名は求作《きゅうさく》でございますよ」

「この森陣屋からどれほど掛かりますな」

「赤目様父子ならば一刻半（三時間）で行かれましょう」

「ならば、われら、十一丈滝の親方をこれから訪ねてみようか」

「となると案内人がいりますな。そや、いせ屋正八の隠居が孫を連れて山歩きしておりますで、正太郎に頼むと喜んで案内してくれましょうぞ」

と國寿が言い添えた。

小籐次が次直を腰に戻すと、國寿が、

「滝の親方と赤目様なれば必ずや気持ちが通じましょう。それに次直とその刃こぼれに関心を示しましょう」

「研ぎを受けてくれると申されますか」

「はい」

と応じた國寿が、

「赤目様、その次直を滝の親方に預けるとなると、腰が寂しくなりますな」

「そうか、無腰となるか」

「噂によれば八丁越で国家老一派の刺客の頭領と立ち合われたとか、その刃こぼれはその折のものですな」

「いかにもさよう。死なせるには実に惜しき剣術家でござった」

「嶋内主石様は、執拗《しつよう》なお方でございます。森逗留中に新たな刺客か家臣を赤目様に差し向けましょう。その折、無腰では」

と國寿が言い、

「刀匠、困るのう」

と小籐次が応じた。

「次直の代わりというわけには参りませぬが、わしが鍛造した一剣でよければお持ちになりませぬか」

「おお、師の刀を拝借できるか」

國寿が弟子のひとりに目顔で合図した。弟子は鍛冶場から姿を消した。

「わしが十八年前に鍛えた刀は、刃長二尺三寸余（七十センチメートル）、反り七分（およそ二センチメートル）、杢目《もくめ》細美にして直刃《すぐは》荒錵《あらにえ》、猪首切っ先の返り深い、一見すれば豪壮というべきか珍品というべきか。わしが鍛えたもので、この十八年余前の刀を超えたものはござらぬ」

と言い切った。

そこへ弟子が渋い拵《こしら》えの刀を両手に捧げてきた。

「赤目様へ」

と師匠の言葉に小籐次が弟子から受け取り、

「拝見致す」

と断わって國寿を腰に差した。次直より一寸七分長い刀がぴたりと小籐次の腰に落ち着いた。

「昨日、嫡子どのが来島水軍流の奥義をわが神棚に奉献してくれました」

「わしにも奉献せよと」

「播磨守國寿に刀魂を吹き込んでくだされ、この一剣の貸し料と思うて」

「承った」

と小籐次が受けた。

鍛刀した刀鍛冶本人の前で刀を揮うのは初めてのことだった。

神棚に拝礼した小籐次が、

「大山祇神社、分社三島宮の祭神に申し上げる。来島水軍流の序の舞、老残の剣術家赤目小籐次が奉献致す。得心なされた際は、國寿一剣に刀魂を与えてくだされ」

と朗々とした声で宣告した。

一瞬瞑目した小籐次が両眼を見開いた。

爛々《らんらん》とした眼光が鍛冶場を見廻し、静かに國寿を鞘から抜き放った。

十四歳の駿太郎の序の舞は、なんとも潑剌《はつらつ》としていた。

五十路の小籐次の序の舞は、能楽の舞と見紛うほどゆるゆるとして、手にした國寿が鍛冶場の空間を舞い、躍った。

國寿は、

「優雅な来島水軍流の序の舞」

と酔いしれていた。

駿太郎は背に次直を負い、木刀を手にし、則宗と脇差を腰に差し落とした。小籐次は、國寿一剣だけを手挟んで、ふたたび父子はいせ屋正八方に戻ることにした。

いせ屋正八方で経緯を話すと隠居の六兵衛が手を翳《かざ》してお天道様を確かめ、

「わしがいっしょに案内できればいいが、ここんところ足の具合が悪くてな。代わりに孫の正太郎に十一丈滝へ案内させよう。おふたりとも健脚と見た。なんとか日のあるうちに戻ってこられようぞ」

正太郎を呼んで十一丈滝への案内を命じた。

「滝の親方の家か、よう承知じゃ。爺、二、三日前も山菜採りにいったぞ」

正太郎は即座に請け合った。

赤目父子と正太郎の三人は、いせ屋正八方に吊るされていた山歩き用の草鞋《わらじ》を三足買い求めて履き替えた。台所で話を聞いていた母親のおかるが、なにがあってもいいように握りめしや水を竹籠に入れて正太郎に持たせた。

山歩きの身支度をした三人に赤犬が従い、森城下を離れて角埋山のふもとへと入り込んだ。

「駿太郎さん、江戸は遠いよな」

竹杖を手にした正太郎が駿太郎と並んで歩いていたが不意に問うた。

「正太郎さん、こたびの参勤交代も江戸藩邸から東海道、伏見からの淀川三十石船下り、さらに摂津から御座船に乗り換えて、瀬戸内の灘を抜けてようよう頭成に到着しました。最後に玖珠街道の山道を歩いて森陣屋まで四十余日はかかったそうです」

「おれ、山道ならば一日でも歩けるが、四十余日も他国の街道や海を旅したことはねえ」

「父上とそれがしも初めてこんな遠くまで来ましたよ」

ふたりの前をいく赤犬がぐんぐんと三人を案内するように進んだ。どこへ行くか承知しているようだ。

「犬の名はなんだな」

と小籐次が正太郎に質した。

「クスオじゃ」

「ほうほう、クスオか、牡《おす》じゃな」

「爺さん、男じゃ。館の道場前にある楠の下に捨てられていたそうじゃ。館の門番が山に捨てようとするのをおれがうちに連れ帰った。おれより山歩きが好きなんじゃ。熊が出ても吠えかかるぞ」

「ほう、玖珠の山には熊がおるか」

「爺さん、熊も猪も猿もおるわ。心配するな、クスオがいれば熊も出てこん」

と正太郎が言い切り、

「正太郎、研ぎ師の滝の親方はどんなお方だ」

と小籐次が話題を変えた。

「変わりもんとうちの爺はいうとる」

「ほう、変わりもんな。なぜかのう」

「城下に住んでおれば、研ぎ仕事はなんぼでもあるが。それをよ、人より熊や猿が多い滝つぼのそばに住んでおるがな。それに爺がいうには、仕事をえり好みしとるんやて」

刀鍛冶の國寿にも聞いた話だ。

「滝の親方は貧乏やぞ」

と言った正太郎が後ろを振り返り、

「そや、滝の親方は爺さんによう似とる」

と言い放った。

「ほう、わしとよう似とるか。どこが似ておるな」

「大頭もな、皺《しわ》くちゃの顔もな、小さな体も、どこもかしこもよう似とる」

「おやおや、そのうえわしと仕事がいっしょじゃ」

と笑みの顔で小籐次がぼやいた。

「爺さんは研ぎ師か」

「わしは研ぎ屋じゃな」

「研ぎ師と違うか」

「わしと駿太郎はな、よそ様の店先を借りて出刃包丁や菜切包丁を研ぐ仕事をしているでな、研ぎ屋じゃな。それに比べて十一丈滝の親方は、己の気に入った客の気に入った刀を選んで研いでおるようだ。きっと研ぎ代など気にしておられぬのと違うかのう」

「貧乏しているのはたしかやぞ。いつも金に困っとる」

「志があるゆえな」

クスオがワンワンと吠えた。

「熊が近くにおるようや」

と言った正太郎が腰に吊るした竹笛を鳴らした。するとがさがさと山道の傍らの山柿の木が揺れて生き物の気配が消えた。

「滝の求作親方には身内はおらんか」

「みうちってなんや、爺さん」

正太郎が小籐次に問い返した。

「連れ合いとかそなたのような子どもがおらぬかと聞いておるのだ」

「おったぞ。うちの爺が滝の親方のかみさんはひどい貧乏が嫌になってにげたというておった。そんで、倅の豊吉さんはな、別府に稼ぎに出ているそうだ。滝の親方のところにも犬がおるわ、牝犬《めす》のタキじゃ。クスオと仲がいいぞ」

「そうか、犬のタキがただひとりの身内か。滝の親方は寂しいな」

「爺さんには、駿太郎さんがおるな、寂しくないな」

「おお、妻女もおれば、駿太郎のうえには姉もおるわ」

小籐次はすでに薫子を身内の数に入れて正太郎に告げていた。

「爺さんのかみさんは婆さんやな」

「駿太郎に聞いてみよ」

正太郎が駿太郎を見た。

にこにこ笑った駿太郎が、

「父よりずっと若くてきれいですよ」

ふーんと鼻で返事をした正太郎は駿太郎の言葉を信じた風はない。その代わり、

「包丁研いで稼ぎになるか、みうちが三人もおるぞ」

とことんどは赤目家の暮らし向きを案じてくれた。

どこからともなく滝音が響いてきた。

「おお、あの滝音が十一丈滝か」

「爺さん、くたびれたか。ありゃ、五丈滝や。七丈滝の先が十一丈滝やぞ。もう半分ほど歩いてきた」

と正太郎が告げた。

一行は五丈滝を横目に見ながら傍らを通り過ぎた。

「父上、滝の親方は次直を気に入ってくれましょうか」

駿太郎が父親に尋ねた。

鍛冶場でこの話を聞いたとき、滝の親方と呼ばれる求作に小籐次が強い関心を抱いたと駿太郎は感じていた。

「さあてな、江戸ではわしも変わり者と呼ばれていよう。変わり者同士、気が合うのと違うか」

「父上の先祖がいた森城下、家臣方より町の人々のほうが心優しゅうございます

ね。いせ屋正八のご隠居の六兵衛さん、刀鍛冶の國寿師、研ぎ師の滝の親方もきっといいお方だと思います」

と駿太郎が答え、

「正太郎さんの米問屋、なんでも屋のいせ屋正八って屋号は、昔からそう呼ばれてきたのかな」

とふと気付いたことを問うた。

「いせ屋正八の店の名か、昔々、大昔の先祖がいせ屋正八と呼ばれていたんだよ。それでずっといせ屋正八って名だ。いせ屋だけじゃ、寂しいと爺さんがいうていたわ。いまじゃ、米問屋なんでも屋のいせ屋正八だ」

「そうか、大昔からいせ屋正八さんか」

と正太郎の説明に得心した駿太郎が、

「父上、この玖珠郡森では、大昔というのは、村上水軍の来島一族が海からこの山に追い上げられた時節、二百何十年前のことですよね。それ以前は、この玖珠郡は、国侍衆が支配していたとだれかに聞かされました」

「おお、そうなるか。丹波篠山に行った折も、青山の殿様の篠山城とは別に、波多野一族の居城八上《やかみ》城を訪ねたな」

「はい。わが実父須藤平八郎様の剣術の心地《しんち》流の稽古がいまも八上城の廃墟で続けられておりました」

「おお、それで思い出したぞ」

と小籐次が声を張り上げた。

「なんですか、父上」

「篠山城下でな、研ぎなんでも承ります、の」

「ああ、研ぎ師四代目の次平さんだ」

「いかにもさよう。われら、どこを旅しても剣術の道場と研ぎ師を訪ねておらぬか」

「どこでもこのふたつは見逃しにはできません」

「ということは滝の親方求作どののもわれらの来訪を待ち受けておられるのと違うか」

と小籐次が応じたとき、この日、三度めの滝音がした。

クスオが足を止めて滝を見た。

赤目父子もクスオの視線を追った。

眼前に滝壺が拡がり、岩場が屹立《きつりつ》していた。滔々《とうとう》と流れ落ちる滝の下に褌ひとつの老人が立ち、流れに打たれていた。

「爺さん、駿太郎さん、あの年寄りが変わりもんの滝の親方や」

と正太郎が告げた。

三

四半刻後、十一丈滝の滝壺にふたりの年寄りが並んで合掌していた。少し傾きかけた陽の光がふたりの小さな姿を照らしていた。

駿太郎と正太郎は、滝壺を見下ろす小屋の前でまるで双子の兄弟のような年寄りふたりの滝行を言葉もなく眺めていた。ふたりの足元にはクスオがいて、黒犬のタキに寄り添っていた。

轟々とした滝音だけが響いていた。

小籐次が滝音に抗って求作に話しかけた様子は全くなかった。そして求作が小籐次を意識した風もない。

正太郎がちらりと駿太郎の顔を眺め上げた。

（あのふたりの滝行はいつ終わる）

と質していることに駿太郎は気付いた。

駿太郎は正太郎の手を引いて小屋に入った。

最前、求作の滝行を見た小籐次はなにも言わず小屋に入り、衣服を脱いできた。

だが、その折り、駿太郎と正太郎は住まいと研ぎ場を兼ねた小屋には入らなかった。

初めて足を踏み入れた小屋を見るために駿太郎はしばし眼が慣れるのを待った。

灯りは煙がたなびく囲炉裏の、小さな火だけだった。

ゆっくりと小屋のなかが見えてきた。

土間の片隅に薪が積んであり、その上に父親の衣服が脱いであるのを見た。その傍らに筵《むしろ》が敷いてあり、タキの居場所が設《しつら》えてあった。

駿太郎は囲炉裏が切り込まれた板の間に視線を戻した。六畳ほどの板の間の半分が研ぎ場であった。研ぎ場はいつ客を迎えてもいいように砥石の類が整理されてあった。だが、木桶には水は入っていなかった。

囲炉裏の燃え方から察してまだ行は続くと駿太郎は思った。

正太郎が囲炉裏に薪をくべた。

駿太郎は、求作が新たな客の来訪を予期して十一丈滝の水神にその旨を告げるために、滝に打たれているのだと思った。

板の間のもう半分に台所の道具、鍋釜や器がきちんと置いてあった。板の間の奥に筵敷きの四畳半ほどの部屋があった。部屋の片隅にはひと組の夜具が積まれているのが見えた。

研ぎ師の求作の持物のすべてだった。

求作が独り暮らしをしているのは小屋の簡素な佇まいと持物から見て明らかだった。

「駿太郎さん、年寄りふたりはいつまで滝に打たれている気か」

と正太郎が質した。

小屋にいれば滝音が減じて話ができた。

「分かりません」

駿太郎は正直に答えた。

物心つく前から、小籐次といっしょに暮してきたが、しばしばその行動が読めぬときがあった。

最前、十一丈滝に打たれる求作の姿を見たとき、小籐次は國寿師が鍛えた刀を腰から外すと駿太郎に無言で預けて小屋に入った。そして、褌姿で小屋から出てきて、求作の合掌する場に向ったのだ。

駿太郎の手に次直と國寿と、ふた口の刀があった。研ぎ場の傍らの板の間にふた口の刀を置いた。

「うちの爺は、あんなことしきらん」

と正太郎が呟いた。

小籐次がいきなり滝の流れに打たれる行動をとったことを述べていた。

「まるでふたりの爺さん、そっくりやないか」

正太郎は戸口に寄ると少しだけ開けて、滝の両人の様子を確かめた。

駿太郎は、正太郎が帰路のことを案じているのかと推量した。

そのとき、正太郎が戸を閉めて駿太郎のところに戻ってきた。

「正太郎さん、われらよりひと足先に森城下に戻りますか」

と聞いてみた。

正太郎が首を横に振った。

「駿太郎さんと爺さんを滝の親方のところに案内しろとうちの爺に命じられたぞ。ふたりを残して帰れるか」

と言い切り、駿太郎が頷いた。

夜の山道を森城下に帰るのは、正太郎が案内人であったとしても危険だと駿太郎は察していた。

どれほど時が経過したか。

ふいに褌姿のふたりが小屋に入ってきた。

土間の片隅で小籐次が手拭いで体を拭った。そして、正太郎が背負ってきた竹籠から替えの褌を取り出して身につけた。母親のおかるが弁当や手拭いや求作に届ける食料をあれこれと入れてあったが、まさか滝行を予測して着替えまで入れていようとは、駿太郎は知らなかった。そのことを小籐次は察していたのだ。

一方、求作は筵が敷かれた部屋で着替えをなすと、囲炉裏の残り火に新たに枯れ枝を足した。すると焔《ほのお》が上がった。

無言のふたりの年寄りの着換えを駿太郎と正太郎の両人は黙然と見ていた。

駿太郎はふたりの年寄りが一言も話をしていないことを知っていた。それでいながら互いに意を通じ合っていると確信した。

（初対面のふたりがどうしたことだ）

滝の親方が囲炉裏の火を熾《おこ》すと研ぎ場に坐してふた口の刀を見た。そして、迷うことなく小籐次の次直を手にした。

求作は、刀鍛冶の國寿が鍛造した一剣の拵えを承知していた。

囲炉裏の火に次直を翳すとそろりと抜いて刀身を切っ先から鎺《はばき》までとくと眺め、物打の刃こぼれを確かめた。

そのとき、小籐次は囲炉裏の火に両手を翳して体を温めていた。

己の愛刀を求作が触っても一語も発しなかった。その態度は、もはや言葉は必要ないと言っていた。

両手で囲炉裏の焔を抱くようにして体を温めた小籐次が懐紙に包んだ何枚かの小判を囲炉裏の縁に置いた。

そして無言裡に立ち上がり、竹籠に吊るしてきた新しい草鞋に履き替えた。帰るという仕草だった。

そんな年寄りふたりの無言の問答を駿太郎も正太郎もただ眺めて、用事が済んだことを悟った。

草鞋を履き終えた小籐次が求作に一礼した。

駿太郎は、小籐次がわずかに年上かと推量した。それにしてもふたりはよく似ていた。

その刹那、ふたりの年寄りは血が繋がっているのではないかと駿太郎は思った。

血が血を呼んでいた。

百六十年も前、江戸に出た赤目一族と、この森藩の十一丈滝に残った求作の血が互いを認め合っていると思った。

小籐次が播磨守國寿を手にすると腰に差し落とした。

正太郎は竹籠から母親が求作のために持たせた米や干物や野菜を取り出して板の間に置いた。小籐次が小屋の外に出て、軽くなった竹籠を負った正太郎が続いた。

研ぎ場に坐して次直を手にしている求作に駿太郎は深々とお辞儀をし、別れの挨拶をした。すると求作親方が燃え上がった薪の火を囲炉裏の傍らにあった松明《たいまつ》に移して駿太郎に差し出した。

松明を持っていけということは、帰路が夜道にかかると告げていた。

十一丈滝の落水がいつの間にか黄金色に変じていた。

一行の先頭をクスオが歩き、タキといっしょに山道を戻っていった。

そのあとに竹籠を負った正太郎が続き、最後に小籐次と駿太郎が並んで歩いた。

三人と二匹の犬は、黙々と歩いて七丈滝へと向かった。

西日が山の端にすとん、と沈んで辺りが薄暗くなった。

駿太郎が掲げる松明だけを頼りに一行は黙々と歩いた。

七丈滝に着いたとき、クスオとタキが足を止めた。

いつもこの七丈滝で二匹の犬は別れるのか、クスオは尻尾を振るとタキをその場に残して山道を下っていった。一行は山道を急いだ。

「駿太郎さん、腹は空かんか。おっ母《かあ》が握りめしを持たせたぞ。うちに着くのは、六つ半(午後七時)を過ぎるぞ」

正太郎がふたりの腹具合を気にした。

「少しでも光があるうちは先に進みませんか」

駿太郎が答えると、頷いた正太郎とクスオが赤目父子を改めて早足で先導していく。

「父上、御用は済みましたね」

「見てのとおりだ」

と短く答えた小籐次は、しばし何事か沈思していたが、

「駿太郎、承知しておろう。わが次直はこの界隈の戦場でわが先祖が敵方の武将から奪ったとも、拾ってきたとも言い伝えられておる。かつてこの地で大友一族が戦った相手は、薩摩から侵攻してきた島津一族であろう。備中で鍛造された次

直がなにゆえ、豊後国のわが先祖の手に渡ったか、由来はしかと知れぬ。まあ、長い歳月の間に勝手な推量が加えられたに相違ない。されど次直が長い歳月を経てこの地に戻ったのは確かなことよ。諸々を考えてな、わしが研ぐより十一丈滝の求作親方に任せたほうがよかろうと思うてな、次直を親方に預けてきた」

と言い切った。

「父上、求作親方と話をなさいましたか」

「いや、なにも」

「それで事が足りましたか」

「見てのとおりというたぞ」

と答えた小籐次に、

「無言にて意は通じるものですか」

「駿太郎はどう思うな」

「父上は次直を求作親方に預けられ、求作親方は承諾なされた。江戸に戻り、かような話をしたところでだれも信じてくれますまい」

「信じまいな」

しばし沈思した駿太郎が洩らした。

「父上と求作親方はよう似ておいでです」

「わしと親方の体には同じ血が流れているというか」

「違いますので」

さあてのう、と呟いた小籐次は、

「世の中には分からぬことが数多あるということよ。それを詮索したところでなんのこともあるまい」

「母上はこの話、信じましょうか」

小籐次がしばし間をおいて言い出した。

「こたび、駿太郎に姉ができるが薫子もまたわれら三人の血と同じではない。わが身内四人は血が繋がっておらぬ。されどなんの差し障りもないわ。とは申せ」

「血が血を呼ぶと父上は考えられたゆえ、褌ひとつで求作親方とともに、十一丈滝に身を晒《さら》された」

「不思議と思えば不思議、世俗の争いは別にして玖珠郡森にきてよかったと、つくづく思うておる。おりょうはこの話、信じような」

と言い切り、

「はい」

駿太郎が応じたとき、山道は真っ暗な闇に覆われていた。

父子が夜空を見上げると無数の星がきらめいていた。

クスオが、ウオン、と甘えるように小さな声で正太郎に訴えた。

「駿太郎さんよ、山道は半分ほど下ってきたぞ。この先に水場があって岩場もある。夕めしを食っていかぬか。まだ先は遠いぞ」

と正太郎が尋ねた。

松明を掲げた駿太郎が小籐次を見た。

「さよう、夜道を急いだところで致し方あるまい。休息致すか」

「父上にはいささか寂しい夕餉になりませんか」

駿太郎は酒がないことを案じた。

「星に見守られながらの夕餉も贅沢ぞ」

と応じた小籐次の言葉は力が籠っていた。

「おお、着いた」

と正太郎が叫ぶ前にクスオが急いで水場に走っていった。十一丈滝を見ながらクスオは一滴も水を飲んでいなかったのだ。

年寄りふたりの滝行に驚かされたからであろうと駿太郎は思った。松明の灯りのもと、湧水に口を突っ込んだクスオが水を飲んだ。

「クスオ、夕めしやぞ」

と正太郎が背の籠を下ろし、竹皮包みを取り出して、小籐次と駿太郎に渡した。さらにクスオの餌を小鍋ごと出して、

「ほれ、猪肉をめしにまぶしてあるぞ」

と言いながら置いた。

尻尾を大きく振ったクスオが鍋の前にお座りをした。

「よし」

との一言にクスオが鍋に顔を突っ込んだ。

「爺さん、おまえ様にはおっ母が格別なものを持たせたぞ」

と正太郎が言いながら、五合徳利と茶碗を竹籠から取り出した。

「おお、正太郎のおっ母さんは、わしらのことをよう承知じゃ、星空の下で極楽の夕餉ぞ」

と小籐次が喜びの声をあげた。

そうか、父は着替えをしたときに竹籠に酒が入っていることを承知していたかと駿太郎は思った。

「正太郎さん、竹籠に求作親方の食糧からお酒まであれこれと運んできましたか。重かったでしょう、それがしが担いでくればよかったな」

「駿太郎さんよ、山歩きでは、なにが起こってもいいように、いつもこの程度の品は持つのよ。ともかくよ、侍の駿太郎さんに竹籠を背負わせるわけにはいくまい」

と正太郎が言い切った。

「爺さんよ、茶碗をほれ、もちな。おれが注ぐからよ」

と茶碗に徳利から酒を注いだ。

「頂戴しよう」

正太郎に注がれた酒の香りをくんくんとかいでいた小籐次が、ほう、これは、これは、と言いながら茶碗酒を口に含んで喉に落とした。

「父上、豊後の酒はどうですか」

「これは酒粕から造った焼酎じゃと思う。夜空の下、飲むには打ってつけ、野趣豊かな酒じゃな」

と小籐次が粕取《かすとり》焼酎と呼ばれる庶民の焼酎を飲んで満足げに洩らした。

「やはり酔いどれ小籐次には酒がつきものですね」

塩漬けしていた筍を煮たものを森の米に炊き込んだ握りめしを食しながら駿太郎は、こちらも満足げにほほ笑んだ。

「よき宵ではないか」

「はい」

と言い合う父子のやりとりを聞いた正太郎が、にっこりと笑って、

「よかよか」

と言った。

「父上、京の伏見から三十石船に乗ったのが、遠い昔のような気がします」

「おお、いかにもさよう。あの淀川三十石船以来、なにやら血なまぐさい騒ぎばかりで、酒をのんびりと楽しむ機会もなかったわ」

と言った小籐次が、

「正太郎、そなたに礼を申そうぞ。かような星空の下で、豊後の焼酎を飲めるとは極楽ごくらく」

と述べた。

「爺さんは酒が好きか」

「おお、酔いどれ小籐次と呼ばれるほど酒は好物よ。そなたの爺は、酒はどうだ

な」

「爺も夕めしに酒を飲むぞ。おまえ様といっしょに酒が飲みたいというていたな」

「そうか、明日にも酒を酌み交わそうかというてくれぬか」

夜空の下で夕餉の酒を茶碗に三杯ほど、弁当に添えられた大根漬けで飲んだ小籐次は、

「そろそろ、参ろうかのう」

とふたりに言った。

駿太郎も正太郎もすでに握りめしを食し、クスオも餌を平らげていた。

「正太郎さん、竹籠ですが、それがしが担ぎましょうか」

「最前も言ったぞ。爺から山歩きを教わって以来、おれが竹籠を担ぐのが習わしだ。もう軽くなったし気にしないでくれ」

と言い切って竹籠を担いだ。

「おお、そうや。うちの爺に聞いたぞ、田圃の湯で国家老一派の三人が駿太郎さんを襲ったそうだな」

「ああ、ご隠居の六兵衛さん方三人、驚かせてしまい申し訳ないことをしまし

た」

と駿太郎が応じた。

「酢屋と油屋の隠居とうちの爺はよ、湯のなかから三人の家来が次々に流れに飛び込むのを見ていたそうだな。爺は魂消《たまげ》たと、駿太郎さんが帰ってから一家じゅうを集めて、駿太郎さんの真似をしていたぞ。けどな、よく聞き返すと湯のなかに首まで浸かって震えていてよ、駿太郎さんがどうしたのかよく見てなかったそうだ」

と正太郎が笑った。

「ご隠居方には災難でしたね」

「おれも駿太郎さんの剣術を見てみたいぞ」

「明日にも久留島武道場にお出でなさい。そうだ、弟たちを連れてね」

「殿様の武道場やぞ、おれたちは武道場に入られん」

と正太郎が言い、駿太郎が小籐次を見た。

「父上、殿様に断ってくれませんか。桃井道場では年少組の門弟もいますよ。また武道場では国家老一派が金子で雇った浮浪の輩が稽古したというではありませんか。城下の住人が見物するくらいなんでもないでしょう」

「江戸の町道場と森藩の武道場とは習わしが大いに異なろう。まあ、殿様に断るのはよいが直ぐにはできまい。駿太郎、そなたが師範の溝口どのや最上どのに願ってみたらどうだ」

「そのほうが話は早いですね」

と駿太郎が了承し、一行は最後の山道を森陣屋へと向かって下っていった。

四

一行が十一丈滝の求作親方のところからいせ屋正八方に戻ったのは、夜五つ（午後八時）を大きく過ぎていた。

米問屋にしてなんでも屋の隠居の六兵衛は、夕餉も食せず一行の帰るのを待っていてくれた。店が近づくとクスオがワンワンと吠えたので、

「おお、戻ったか」

と六兵衛が飛び出してきた。

「ご隠居、遅くなって相済まん。いや、正太郎とクスオの案内がなければ、この刻限に戻って来られなかったぞ。われら父子だけでは滝の親方の研ぎ場を見つけ

られなかったのはたしかじゃな。森藩は山に囲まれておるのう、得心したわ」

小籐次がいせ屋正八方の隠居に詫びた。

「おお、そんなことはどうでもいい。滝の求作親方は、酔いどれ様の刀の研ぎを引き受けたか」

と訊ねる六兵衛に、

「爺、滝の親方とこの爺さんな、長いこといっしょに滝に打たれておった。それで帰りが遅くなったぞ」

と正太郎が告げた。

「なに、あの十一丈滝に赤目様も打たれたか」

「六兵衛さん、そのことは明日、改めて話そう。今晩、われら父子、このまま陣屋の宿所に戻るでな」

と応じる小籐次に六兵衛が、

「遅くなったついでだ、うちで夕餉を食べていけ。酔いどれ様と酒が飲みたくて、こうして待っておったのだぞ」

父子はいせ屋正八方の囲炉裏端に強引に招かれた。

標高の高い森城下では夏でも夜は冷えた。

ためにいせ屋正八方の居間では、一行が帰ってくるのを待って囲炉裏の火が盛んに燃やされており、大きな囲炉裏端には婿の隆吉《りゅうきち》とおかるの夫婦もいて三人を迎えた。

「正太郎、ようも赤目様方を無事に城下まで連れて戻ってくれた、おまえにしかできん道案内じゃ」

と父親の隆吉が長男を褒めた。

朝の早いいせ屋正八方の孫たちは、すでに夕餉をとって休んでいるという。

「赤目様よ、十一丈滝まで往復するには、いささか出立の刻限が遅かったかな。婿の隆吉にそのことをわしは責められたぞ。じゃが、旅慣れた酔いどれ様と駿太郎さんやな。山歩きになれた正太郎に従い、こうして無事に戻ってきた」

六兵衛もほっと安堵した表情で酒の仕度をした。

「おかるさん、正太郎に酒まで持たせてくれた気遣い、どう礼をいうていいか分からぬ」

「そんなことはどうでもいい。持たせたのは粕取酒じゃな、あれはあれでよか。森のほんものの酒が酔いどれ様の口に合うかどうか、燗酒を飲んでみい」

囲炉裏の灰に何本も青竹が刺されて立っており、すでに燗がなされた竹酒を六兵衛が大ぶりの茶碗に注いで小籐次に渡した。

「おお、かような馳走に与《あず》かるとは、陣屋で頂戴する酒などより何倍も旨かろう」

小籐次は六兵衛と燗酒を囲炉裏の傍で飲むという至福に迎えられた。

「爺、酔いどれ爺さんと滝の親方は、まるで双子の年寄りみたいによう似ておるぞ」

と正太郎が言い出し、求作親方の研ぎ場を訪ねた模様を正太郎と駿太郎のふたりが交互に話すことになった。

「ほう、天下の酔いどれ小籐次様と滝の親方が似ておるか。遠く江戸と森に離れた年寄りがどういうことか。酔いどれ様、求作親方は、なんぞ喋ったか」

「わしと求作親方じゃがな、ふたりして長い間、滝に打たれてな、そのあと、小屋でもいっしょしたが、一言も言葉を交わしておらん」

「うーむ、そりゃどういうことか」

と六兵衛が首を捻った。

「なぜかのう、わしは格別話さんでも求作親方の考えが分かるような気がしてな」

小籐次が正直な気持を告げた。

「お義父《とっ》つぁん、滝の親方の形《なり》を思い出したが背丈といい、大顔の顔付きといい、歳恰好といい、たしかに正太郎が言うように似ておるぞ」

隆吉が言い出し、

「お父つぁん、言われてみればふたりは瓜二つよ。そう思わない」

とおかるが同意した。

茶碗酒を手にした六兵衛がしばし沈思し、

「考えもしなかったな。たしかに酔いどれ小籐次様と十一丈滝の親方は、この囲炉裏端にふたり坐ってみよ、区別がつかんかもしれんな。なぜかのう」

六兵衛が小籐次をしげしげと見た。そして、

「一言も話をせんで、おまえ様は刀の研ぎを願い、あの変りもんの求作親方がなんもいわんで受けたか」

「爺、この酔いどれ爺は、研ぎ代を置いてきたぞ」

正太郎は小籐次が帰り際に研ぎ代を置いたことまで見ていた。

「なんとも奇妙な話じゃな。あの滝の親方は、客のえり好みが激しゅうてな、それでいつでも貧乏たれよ、かみさんにも逃げられたほどよ。それが素直に研ぎ代

を受け取るとは、酔いどれ様とよほどウマが合うのか。待てよ」

六兵衛が手にしていた大ぶりの茶碗酒をぐいっと飲み干し、

「赤目小籐次様の先祖はこの森藩の出よのう。いつおまえさんの先祖は江戸に引き移ったな」

「おう、はっきりとしたことはわからぬが、三代目の殿様久留島通清様の代ではないかのう」

小籐次は、下屋敷で内職中に繰り返し話された赤目家の先祖が江戸に出てきた切っ掛け、寛文三年の海難事故について話した。

「お義父つぁん、久留島通方様と十人の家臣が水死した事故は、百五十年以上も前のことじゃな」

と隆吉が即座に言い、

「赤目様と求作親方は血が繋がっておらんか」

「爺、帰り道、その話が出たぞ」

「正太郎、話の先はどうなった」

「駿太郎さん、どうなったかな」

と正太郎が駿太郎に質した。

小籐次は、一同の話を聞きながら、青竹で燗がつけられた酒をちびりちびりと楽しんでいた。

「父上は、世間には判らない話が数多ある。わしと求作親方の間柄を詮索したところで致し方ない。お互い黙っていても考えが分かりあえる、それでよいではないか、と夜の山道で言ったと思います。で、ございましょう、父上」

「わしがさようなことを言うたか」

「おう、言うたのを聞いたぞ、思い出した」

正太郎が駿太郎の記憶に賛意を示した。

「ならば、そういうことであろう。いせ屋正八のご隠居、わしと滝の親方の先祖とは、百何十年も前、この地でいっしょに暮していたのかもしれんな」

「赤目一族ということですね、きっとそうですよ」

おかるが言いながら、囲炉裏の自在鉤に鉄鍋を掛けた。

猪肉と鶏肉、野菜たっぷり、味噌仕立の汁だった。台所の竈《かまど》ですでに煮ていた鍋がすぐに囲炉裏の火で沸騰した。

おかるが手際よくまず駿太郎と正太郎の分をどんぶりに注ぎ分けた。

「駿太郎さん、うちは米問屋ですよ。お米だけはたくさんありますからね、存分に食べてね」

「ありがとうございます」

若いふたりが遅い夕餉を食べ始めた。

「おお、そうだ、お父つぁん、明日、おれたち、陣屋の武道場に駿太郎さんの稽古を見に行っていいかな」

と箸を止めた正太郎が聞いた。

「商人の子どもが武道場に立ち入られるものか」

と父親の隆吉が気にした。

「酔いどれの爺さんと駿太郎さんが殿様にも武道場の師範にも断るそうやぞ」

しばし沈思した隆吉が、

「ならば、正太郎、弟の二郎助と三吉だけ連れていけ」

と長男に命じた。

この夜、赤目小籐次と駿太郎は、結局いせ屋正八方に泊まることになった。

翌朝、赤目小籐次と駿太郎父子は、いせ屋正八方から正太郎ら孫三人を伴い、陣屋北の丸の久留島武道場に向かった。館の大門の門番ももはや赤目父子の行状にはなんの咎めだてもしなかった。

「門番どの、武道場に通る。この子らに剣術の稽古を見せたいのだ。わしが溝口先生と、最上師範代に断わる」

と小籐次が事情を告げると、

「近習頭池端様より殿の正客赤目様父子の出入りは勝手にさせよと命じられておりまする。どうぞご随意に」

久留島武道場のある北の丸への入場が正太郎たち三人も許された。

森藩の武道場に入るのは小籐次も初めてだった。

「父上、武道場の前に立つ大楠をご覧くだされ」

「おお、玖珠郡のいわれになった楠の大木が久留島武道場の守り神か。三河の神木や大三島の大山祇神社の大木と比べても遜色のない大楠じゃのう」

小籐次が感動の声を上げた。

「駿太郎さん、おれたち、お城の楠を初めて見たぞ。侍さんしか見られんと思うておった。お父つぁんにいばれるぞ」

正太郎が弟の二郎助と三吉を呼んで大楠の周りに手をつないで囲もうとしたが三人では足りなかった。

「父上、木刀を持っていてください」

と願い、三人に手足の長い駿太郎が加わってようやく大楠の幹を囲むことができた。

「父上、望外川荘の庭にもこのような大楠が欲しいですね」

「駿太郎、これほどの楠になるには百年以上、いや、二百年はかかろうぞ。わしどころかおりょうや駿太郎が生きておるうちにかような大木に育つわけもないわ。そう、四代か五代あとの子孫が間に合うか」

というところに小姓の佳太郎が姿を見せた。

「本日は武道場に早くお見えになる予定ではなかったのですか」

「昨日、十一丈滝まで往来して、帰ってきたときは五つを大きく過ぎていたのです。いせ屋正八様方に世話になることになりました。もう稽古は終りですか、佳太郎さん」

「いえ、それが」

「どうしました」

駿太郎が静かな武道場を見た。

「御用人頭の水元忠義様が本日もお見えになり、御近習頭の池端様に立ち合いを申し込まれて、他のお弟子衆が壁際に下がったところです」

「御用人頭は国家老の腹心、御近習頭は藩主忠勤の士、立ち合いは厄介ではないか。そうか、武道場では国家老一派も藩主に忠勤を尽くす者たちも同じく剣術を修行する同士じゃ、差し障りはないか」

と小籐次が口を挟んだ。

「いえ、私の知るかぎり、ご両者は初めての立ち合い、溝口師範も最上師範代も迷っておいでです」

「溝口どのか最上どのが行司役を務めればよかろう」

「いえ、それが水元様は真剣での立ち合いを望んで、ふたりの師範に断られました。されど執拗に真剣勝負を願っておられます」

「ふむ、御用人頭どの、なんの魂胆があってさような無茶を言い出したか」

駿太郎がいせ屋正八方の三人の孫を見た。

「おれたち、ダメか」

正太郎ががっかりとした顔をして、駿太郎が父の判断を仰ごうと視線を向けた。

「たくさんの家臣がおられるのだ。どう考えてもそんな無茶は通るまい」

と小籐次が洩らし、正太郎らを連れて武道場に入ることにした。

武道場に立ち入る前に咎めだてがあるかと思ったが、師範ふたりも弟子らも藩道場での真剣の立ち合いを止めることに注意を向けて、小籐次一行をだれも見ていなかった。

「お早うござる」

小籐次の大声に武道場の全員がいっせいに一行を見た。

弟子のなかにはさらに厄介のタネが来たと考える者もいれば、おもしろくなったという顔の者もいた。

「溝口師範、最上師範代、駿太郎の稽古を米問屋のいせ屋正八方の子どもらが見物したいというのだ。すまんが、道場の隅で見させてくれぬか」

ふたりの指導者がどことなく安堵の顔で頷いた。そこで駿太郎が兄弟を道場の隅に連れていき、

「正太郎さん、そなたら兄弟、道場に入るのは初めてというたな」

「そうだよ、駿太郎さん」

正太郎が緊張の声で応じて、真剣の柄を握って鯉口をすでに切って戦いに備える水元御用人頭と、竹刀《しない》を手にして困惑の体の池端恭之助のふたりを物めずらしげに見た。

「正太郎さん、二郎助さん、三吉さん、まず武道場の床に正座なされ」

駿太郎が手本を見せた。三人が駿太郎を見倣って、

「こうか」

「三吉、違う。こうだ」

と兄弟が言い合いながら正座をした。

足が痛いぞ、と洩らしたのは二郎助だ。

「ご兄弟、見所に神棚がありましょう。三島村上氏の祭神が祀ってございます。ほれ、あちらに向って体の構えを変えなされ。三吉さん、正座が崩れておりますぞ、ちゃんと神様に向かい合いなされ。それでよい」

駿太郎が道場に弟子衆がいないかのように三人の子どもたちにそれぞれ注意して、

「三嶋大山祇神社の拝礼は、いいかな、二拝二拍手一拝ですよ。それがしを真似てください」

駿太郎がゆったりとした拝礼を為し、三人の子どもたちが倣った。

武道場に舌打ちが大きく響いた。

真剣勝負を池端恭之助に強いていた水元忠義だ。

そんな不作法を無視した駿太郎が、

「おお、ようできましたな」

と褒めた。

「これで武道の神様のお許しを得ました。これから赤目駿太郎が素振りの稽古をします、よく見ておきなさい」

正太郎ら三人を道場の壁の前に移らせた駿太郎が、改めて神棚に向かって一礼し、木刀を構えた。するとぴりりとした緊張が武道場に奔《はし》った。

「来島水軍流、素振りにございます」

と宣言した駿太郎が正眼の構えから素振りを始めた。

木刀が武道場の空気を切り裂くシュッ、という音がした。

「小童《こわっぱ》、なんの真似か」

水元が喚《わめ》いたが、駿太郎の素振りは淡々と続けられた。

武道場にいる全員が駿太郎の見事な素振りに見惚れていた。

「小童め、他日、思い知らせてくれん」

と言い残すと水元は武道場を足音高く出ていった。

武道場内にふっという息が洩れ、

「赤目駿太郎どのの素振りに負けぬ稽古を再開しますぞ」

との一刀流師範溝口の宣言が響いた。

竹刀を手にした池端恭之助が小籐次のところに歩み寄って、

「赤目様、久しぶりに稽古を願えませぬか」

と乞うた。

「おお、ここのところ体を動かしておらんでな、どこまでそなたの相手が出来るかのう」

とのんびりとした声で応じた小籐次に小姓の佳太郎が、

「駿太郎さんの大小を見所にて預からせて頂きましょうか」

と言い出し、駿太郎から受け取った。

「おお、すまんな。わしの刀も願おうか」

播磨守國寿の一剣も駿太郎の差し料に添えた。

「赤目様、いつもの御刀と違います」

と小姓は直ぐに次直でないことを察した。

小姓は役目柄藩主の刀や重臣の刀を見慣れていた。それだけに小籐次の刀が変わっていることに直ぐに気付いたのだ。

「わしの次直は研ぎ師の十一丈滝の求作親方に研ぎを願ったでな、刀鍛冶の國寿どのから拝借した一剣じゃ。年寄りのわしにはいささか重いがのう。そうじゃ、池端どの、そなたとの稽古、しばらくお待ちあれ。この國寿で素振りがしてみたいわ」

と不意の思い付きを池端に断った小籐次が、

「駿太郎」

と素振りをする倅の名を呼んだ。

素振りを止めた駿太郎が父の意図を知ると佳太郎のもとへ行き、

「それがしも、本身に替えますか」

木刀から備前古一文字則宗に替えて腰に差し落とした。

「なにをなさいますので」

池端が赤目父子に質し、駿太郎が、

「一文字則宗、播磨守國寿の二剣による来島水軍流、武道場の祭神に奉献です」

と応じた。

なにが起こるのか分からないまま、稽古を再開していた家臣たちが武道場を赤目父子に明け渡した。

父と子が久留島武道場の見所に向かって並び、正面の神棚に拝礼した。

「来島水軍流正剣一手序の舞、久留島武道場の大山祇神社の祭神および北の丸の大楠に奉献」

と小籐次が厳《おごそ》かに告げると、父子の刀の鯉口が切られ、鞘から抜かれた國寿と則宗の光になった刃がゆるゆると優雅に舞い躍った。それは武道場に無体を強いていた水元の邪気を消し去り、無垢な気に戻そうとする行為だった。

溝口も最上も他の家来衆も、武道場に初めて入った正太郎ら三人の子どもたちも、二振りの刃の舞を茫然と、あるいは陶然と見入っていた。

「続いて来島水軍流正剣二手流れ胴斬り」

と声が小籐次の口から洩れて、完全に久留島武道場の空間をふたりの父子の剣の動きが支配した。

永久とも刹那とも思える刻が流れ、

「正剣十手波小舟」

の奉献で父子の、國寿と則宗の奉献は果てた。

父子が鞘にそれぞれの刀を納め、神棚に向かって深々と拝礼した。

沈黙を破ったのは、溝口だ。

「赤目小籐次様、かように武道場の気が神々しく清々しいのは初めてのことにござる。久留島武道場に赤目様父子が剣魂《けんこん》を吹き込んでくださいました。感謝申し上げます」

「溝口師範、われら父子にさような力はござらぬ。豊後の播磨守國寿と備前古一文字則宗の豊・備の二剣の神気が生じさせたものでござろう」

と小籐次が言い切った。

三人の兄弟は茫然自失した表情で父子を見ていたが、

「これが剣術か」

と正太郎が呟いた。

# 第三章　血とは

## 一

江戸ではゆるゆると、だが確実に月日が過ぎていた。

この日、珍しくも版木職人の勝五郎が芝口橋北詰の大店、紙問屋の久慈屋の前に立ち、黙って赤目父子の研ぎ姿の紙人形を愛おしく撫でた。紙人形の前に客が勝手に研ぎ代を入れるどんぶりが置かれていたが、今日はまだ一文も入っていなかった。

このとき、見習番頭の国三は内蔵で品物の紙の整理をしていた。ために久慈屋の店頭には酔いどれ小籐次と倅の駿太郎の紙人形しかいなかった。

その光景に目を止めたのは旦那の昌右衛門だ。小声で、

「大番頭さん、見なされ」

と囁いた。

顔を大福帳から上げた観右衛門が、

「おお、勝五郎さんですか。やはり新兵衛さんが身罷って長屋が寂しくなりましたかな」

「それもありましょう。真の赤目小籐次様とおりょう様、駿太郎さんの一家三人が江戸を不在にしていることにも寂しさを募らせていませんか」

「いかにもいかにも」

と観右衛門が答えたとき、勝五郎が店の帳場格子に視線を向けて、

「寂しいな、久慈屋さんよ」

とふたりの問答を察したように言った。

「さびしゅうございますな、勝五郎さん」

三人のなかでは一番若い昌右衛門が応じた。

「あのさ、朝になると差配の家からよ、桂三郎さんの読経の声が聞こえてよ、チーンとりんの音が響いたあと、お夕ちゃんが長屋の柿の木の下に新兵衛さんの研ぎ場を設えていくんだよ。厠《かわや》にいくたびに新兵衛さんの、厠がよいだのなんだの

声が掛かっていたころが懐かしくてよ、新兵衛さんのいない研ぎ場が哀しくて、ふうっと寂しくなるんだよ」

　としみじみとした口調で洩らした。

「気持ちがよう分かりますよ、勝五郎さん。こちらに来てお茶でも飲みませんか」

　と観右衛門が誘うと、こくりと頷いた勝五郎が紙人形を触っていた手を離して、

「お邪魔しますぜ」

　と店の敷居を跨いで帳場格子の前の框《かまち》に腰を下ろした。すると、おやえが店先の雰囲気を察していたか、勝五郎に茶とおはぎを盆に載せて運んできた。

「おやえさん、おりゃ、店子《たなこ》だ。接待なんて要らねえよ」

　框から慌てて立ち上がった勝五郎が手を顔の前で振った。

「勝五郎さん、店子ではございませんよ。わたしどもは身内です。血はつながっていませんが、酔いどれ小籐次様と新兵衛さんとの縁が身内に変えたのですよ」

　といい、

「店のみんなにもおやつを出しましょうか、おまえさん」

「いつもの刻限より少し早うございますが、ときに店先で勝五郎さんとごいっし

ょに茶菓を楽しむのも悪くございません」

と昌右衛門が答えたのに、台所に戻りかけたおやえが、

「どうしておられますかね」

「お内儀さん、酔いどれの旦那ですかえ。豊後とやらは遠いね」

勝五郎が応じて、頂きますぜ、と茶碗に手を伸ばした。

紙問屋久慈屋では、大勢の奉公人たちに茶菓と久慈屋の女衆が拵えたおはぎが供され、紙人形の赤目父子を見ながら、それぞれが赤目一家や新兵衛の思い出に浸った。

勝五郎は、おはぎを食しおえて指先についた餡を舐めながら芝口橋の往来を目に留めていたが、

「おっおお、こっちにきねえ、曲がれまがれ」

と呟いた。

「どうしました、勝五郎さん」

「飛脚屋が橋を渡ってんだよ。あの世から新兵衛さんが文はくれめえ。だがよ、豊後から文が届くなんてねえか」

「橋を往来する飛脚屋は何人もおりますよ。それにうちには諸国から商いの書状

があれこれと届きますでな」

観右衛門が応じたところに飛脚屋が飛び込んできた。

「遠国から文だぜ。酔いどれ小籐次様からの便りだな、きっと」

と言いながら飛脚屋が分厚い書状をばたばたと振って見せた。

「ほうほう、勝五郎さんの勘が当りましたな」

と観右衛門がいい、框に坐った勝五郎が文を受け取って、帳場格子に差し出した。

「森藩の飛地頭成の飛脚屋からですな。遠方からよう来なさった」

と言いながら封を切った大番頭が一通を主の昌右衛門へ差し出した。さらに二通目の宛名を確認すると、内蔵から戻っていた番頭の国三に視線を向けた。

心得た国三が帳場格子に来て、受け取り、

「おしんさんか中田様にお渡しすればようございますね」

と大番頭に確認して外出の仕度をなした。

昌右衛門は封を切って読み始めていた。

「長い文ですね、赤目様方、ようよう豊後の森陣屋に到着されたようです」

と言いながら昌右衛門が黙読していった。

観右衛門も勝五郎も昌右衛門の表情を見ていた。

若い主は、一度速読するとまた頭から丁寧に読み返した。

「おや、勝五郎さんよ、久慈屋の店先で茶など飲んで珍しいな」

と言いながら空蔵が店に入ってきて帳場格子の主が文を読む様子に目を止めた。

「こりゃ、豊後の酔いどれ様からだな」

と期待の顔で勝五郎の傍らに坐った。

「ふうっ」

と思わず息をひとつ洩らした昌右衛門が、

「おや、空蔵さんまでおられますか」

と読売屋の空蔵を見た。

「おれがいちゃ都合の悪い文ですかえ、久慈屋の旦那」

「空蔵さんに勝五郎さんと読売に関わりのふたりが顔を揃えているところに豊後の森陣屋の赤目様から文が届くなんて、妙な巡り合わせですな」

と言いながら老練な大番頭に文を渡した。

「旦那様、赤目様父子は息災に森陣屋に到着されましたな」

観右衛門は文に眼を落す前にまず問うた。

「はい、お着きになりました。とは申せ、あの父子が参勤交代の行列に同行して、空蔵さん好みの大騒ぎがないわけはございませんな」

「しめた」

と框から立ち上がった空蔵が巻紙の文を持つ観右衛門に視線を向けた。

「旦那様、この文、どうしたもので」

と観右衛門がひとりだけ文を読んだ昌右衛門に質した。

「そうですね、大番頭さんと空蔵さんのふたり、店座敷で文を読み合ったらどうですね。森藩の名が出てくる文です。公儀に知られて後々森藩に差し障りのあるような個所を読売にするのはいけません。とはいえ、酔いどれ様の豊後行は大勢の江戸の方々が承知で、消息を知りたがっておられましょう。その辺りを飲み込んで空蔵さんが下書きするというのではどうです」

と昌右衛門が提案した。

「旦那、ありがてえ。ここんとこ酔いどれネタはなかったからね。江戸の衆が大喜びする騒ぎが書かれているんですね」

「ございます。されど、命が絶たれた話もございますで、厳しい内容です。その辺りを和らげるのは空蔵さんの筆次第です」

「よし、勝五郎さん、しばし新兵衛長屋でよ、版木の仕度をして待っててくんな。大急ぎで読み物を認めて、大番頭さんに点検してもらうからよ」

と腰の矢立を確かめた空蔵が観右衛門と店座敷に消えた。一方、勝五郎は久慈屋の店先で主や大番頭と新兵衛の思い出を語り合ったのがよかったか、あるいは小籐次の文が届いて、仕事になりそうなことで余裕を取り戻したか、軽やかな足どりで新兵衛長屋に戻っていった。

久慈屋の店はいつもとは違う雰囲気の時が過ぎていく。

丹波篠山藩の江戸藩邸に書状を届けに行った国三が店に戻ってきたとき、帳場格子にすでに観右衛門もいた。

「旦那様、大番頭さん、たしかに書状はおしんさんにお渡しいたしました」

と報告した。

店座敷に独り残った空蔵が小籐次の文から知った参勤交代同行の模様を読み物に仕立て直し始めていた。こうなると老練な読売の筆の進みは早かった。

国三は研ぎを願う包丁が届いているのを見て、研ぎ場に坐ってかなり使い込んだ出刃包丁の粗研ぎを始めた。そこへ空蔵が姿を見せて、

「旦那様よ、頭の半分が出来たぜ。これならばどこぞの大名家にも迷惑はかかる

まい。旦那がこれを読んで承知してくれたら、勝五郎さんに渡したいのだがな」

と差し出した。

なんだか紙問屋の久慈屋が読売屋に商売替えした感じの昼下がりだった。

「ほうほう、赤目小籐次様の律儀な文がこう変りましたか」

素早く墨も乾かない読み物を読んだ昌右衛門が感心し、

「商いの文と読売は書き方が違いますでな」

と空蔵がいうところに観右衛門が最後に検閲して、いいでしょうと許可を出し、

「番頭さん、長屋の勝五郎さんにこの原稿を届けてくれませんか」

と言い、国三が心得顔で受け取ると店を飛び出していった。

空蔵も後段の読み物を頭のなかで思案しつつ店座敷に戻った。

久慈屋の商いがいつもどおりに終わるころ、空蔵の読み物の聞かせどころが完成し、空蔵自ら新兵衛長屋の勝五郎に届けにいった。

「旦那様、なんだかうちの商いが読売屋に乗っ取られましたな」

といささか興奮の体の観右衛門がいい、

「いや、赤目様の文が空蔵さんの手にかかると、あのような読売に変りますか。明日の売れ行きが楽しみです」

と昌右衛門もいつになく上気していた。

翌日のことだ。

久慈屋の店先に赤目父子の紙人形が看板代わりに置かれ、芝口橋の往来が賑やかになった四つ（午前十時）時分、空蔵が助っ人の売り子ふたりを連れて芝口橋に姿を見せた。すると心得た国三は空蔵が載る台を運んでいき、橋の真ん中に据えた。

「国三さんよ、昨日からあれこれとありがとうよ」

空蔵が国三に礼を述べ、若い売り子のひとりに、

「まず久慈屋さんに三枚差し上げな」

といい、台に上がって芝口橋の往来の人々を眺め回した。

芝口橋は言わずと知れた東海道にかかった、江戸の大橋だ。

この界隈の住人はもちろん、旅人もいれば、物売りもいた。さらには陸尺《ろくしゃく》が担ぐお乗物も通っていく。徒歩ながら槍を立てた小者を従えた旗本もいて、いつものように賑やかだった。

そんな様子を眺め渡した空蔵が手にした竹棒を南詰から北詰へとゆるゆると回

し、最後に久慈屋の紙人形、赤目父子の研ぎ姿を差し示した。

「芝口橋を往来ちゅうの方々に申し上げます。芝口橋の紙問屋の店先を守るのは、酔いどれ小籐次父子の紙人形でございます」

というと馴染みの青菜売りの棒手振《ぼてふ》りが、

「それがどうした、久慈屋の看板じゃねえか」

と合いの手を入れた。

「青物売りの八公よ、空蔵の邪魔をしやがるか」

「そりゃ、すまねえ。で、どうしたよ。紙人形の先はよ」

「よう聞いてくれた。ほんものの赤目親子はどこへ行ったえ」

「唐の国だか天竺《てんじく》に参勤交代に従ったのではありませんかな」

「乾物屋の隠居、唐の国や天竺に大名が下番するものか。西国豊後国、赤目小籐次の旧藩に『御鑓拝借』以来の縁でよ、行きなさった」

「それがどうした、さっさとその先言うがいいや」

と通りがかりに足を止めた職人が催促した。

「おめえさん、名はなんだい」

「与太郎だ」

「間抜けな名だな、聞いて損した。いいか、与太郎」

と一拍おいた空蔵が、

「豊後国からこの空蔵に宛てて文が届いた」

「空蔵、ほらを吹くんじゃねえぞ」

「へえ、この空蔵、ほら蔵と呼ばれましてな、ときにほらも吹きますよ。されどこたびの文は間違いではございませんぞ」

「ならば、ほら蔵、さわりを聞かせぬか。その次第では大枚を支払い、読売二枚を買って遣わす」

御家人風の武士が空蔵に言い放った。

「大枚のお侍、読売二枚買って遣わすね。そのうえで、さわりを聞かせろか。いいや、今日ばかりはしばらくぶりの酔いどれ小籐次ネタだ、真剣勝負の大一番だ」

芝口橋の橋上が人で埋まったのを見廻した空蔵が一拍おき、

「豊後森藩は玖珠、日田、速見三郡に領地のある一万二千五百石の城なしの小名だ。だがよ、この森藩には、その昔、えれえお方がいなさった。下屋敷の厩番、その名も」

「酔いどれ小籐次こと赤目小籐次だな」

と御家人が言い放った。

「大枚のお侍、そりゃ、おれの口上だぞ、先取りしないでくんな」

と注意した空蔵が気を取り直して、

「われらが酔いどれ小籐次と駿太郎父子がはるか二百七十余里、江戸から四十余日をかけて飛地の湊頭成に着いたと思いねえ」

「おい、ほら蔵、二百七十余里って何里だ、箱根より遠いか」

「与太郎、二百七十余里ってのは、二百七十余里なんだよ、京の都の何倍も先なんだよ。黙って聞きやがれ」

与太郎が、はいはい、といったん引き下がった。

「よいか、ご一統、頭成の湊が玖珠郡森城下ではないぞ。古《いにしえ》、何百年か前のことだ。三島村上氏のひとつ、来島一族は海から山へと封土替えさせられたんだよ。そんなわけで参勤交代の最後の道のりは、九里二十四丁、玖珠街道を使って山歩きだ。

この一泊二日の山歩きの最後の最後の難所が石畳の坂道、その名も八丁越だ。

その八丁越の難所に、十と二人の刺客が天下一の武芸者赤目小籐次を斃《たお》さんと待ち受けていたんだ。

その総大将が天真正伝香取神道流兵法の達人、林埼郷右衛門恒吉様だ」

と空蔵は慣れた口上の合間に竹棒でおのれの太腿をぽんぽんと打ってメリハリをつけた。

「空蔵とやら、十二人の刺客を赤目小籐次一人《いちにん》で相手したか」

御家人が訊いた。

「どう思うね」

「それがし、ふたりまでなら尋常勝負できるがのう、十と二人ではちと無理かのう」

「おまえさんね、その口ぶりだと、ふたりでも無理といってやがるな。さすがの酔いどれ様も駿太郎さんと父子ふたりで歴戦の兵《つわもの》十二人を相手しては参勤の一行にまで死人怪我人が出ると案じたな」

「そこでどうしたえ」

「与太郎も知りたいか。おお、われらが酔いどれ様は知恵を絞り、香取神道流兵法の達人、林埼郷右衛門どのとの一対一の尋常勝負を申し出たと思え」

「おお、さすがはわが父、赤目小籐次であるな。よう思案した」

「おい、大枚のお侍、おめえの親父が酔いどれ様なら駿太郎さんとは兄弟になるか」

「それでもよい」

「よかない」

と与太郎らが叫んで、

「空蔵、勝負はどうなったよ」

と質した。

「近ごろの江戸でも見られない空前絶後の真剣勝負は、この読売に空蔵が精魂込めて認めてござる。どうだ、大枚のお侍、買うか」

「買う、六文で二枚」

「ばか抜かせ。おれの読売は一枚四文の決まりだ、八文頂戴しよう」

との空蔵の言葉とともにふたりの売り子のもとに芝口橋の客たちが群がり、

「三枚頂戴致す」

「おれは五枚だ」

と競い合って読売を買おうとした。

久慈屋の帳場格子から昌右衛門と観右衛門、それに框におしんが横坐りして、売り子ふたりに空蔵が加わった三人が読売を売る光景を見ていた。

「あの口上の様子だと、おしんさん、まず森藩の久留島の殿様には迷惑はかかりますまいな」

と観右衛門が問い、

「空蔵さんも参勤交代とは関わりなく、武芸者同士の八丁越の戦いに読み物を絞りましたしね、まず来春に上府なされても大目付から注意を受けることはございますまい」

と応じた。

三人の手には、一枚ずつまだ読まれていない読売があった。

観右衛門がいまひとつはっきりしないおしんの顔を見て、

「老中青山様に宛てた書状には気になることが認めてございましたかな」

と問うた。

「赤目様の書状をお読みになったのは、老中お一人です。ゆえに私も中田どのも詳しいことは分かりません。されど殿の顔色は、なんぞ森藩にご懸念があるようにお見受けします」

「懸念は森藩久留島の殿様ですな、赤目小籐次様ではない」

「大番頭さんのおっしゃるとおりです。久留島の殿様が赤目様を藩の内紛に引き込まれるのではと、殿は案じておられるのではございませんか」

おしんが答えたとき、芝口橋から空蔵が久慈屋に姿を見せて、三人に会釈し、

「さすがに酔いどれ小籐次ネタは強いですね、あっという間に何百枚もの読売が売り切れました。この分ならば、日本橋ではこちらの何倍もはけましょう。今日一日、一枚でも多く売りますのでな、本日はこれで失礼をします」

と妙に丁寧な挨拶をして店先から消えた。

ふっ、と吐息をひとつ吐いたおしんが、

「久慈屋さんも私たちも、むろん赤目様父子も読売屋の空蔵さんのために働いているような気がします」

と苦笑いした。

## 二

赤目小籐次と駿太郎父子は、森藩からも藩主の久留島通嘉からも放っておかれ

たままだ。何日も無視されていた。

駿太郎は、何の懸念も不安も感じなかった。未明、北の丸の久留島武道場に通い、大楠の下で独り稽古を続けた。

刹那の剣一ノ太刀と素振りを一刻半ほど繰り返して武道場に入ることなく陣屋の外へと向かった。

家臣たちが武道場に姿を見せるのは、早い者で六つ（午前六時）の刻限だった。すでに武道場のある北の丸を去った駿太郎が大楠の下で稽古をしていることはだれも知らなかった。森藩の武家屋敷、旭谷から角埋山に入り、山のふもとをひたすら木刀を手に走った。そして、角埋山の城跡に登ることもなく、ふたたび陣屋に立ち寄ることもなく田圃の湯に向かった。

この朝も、田圃の湯にいせ屋正八の隠居らといっしょに小籐次ののんびりした姿があった。

「ご一統様おはようございます」

駿太郎が挨拶すると、

「朝稽古、ご苦労やね」

と酢屋の隠居が迎え、汗だらけの衣服を脱ぐとまろやかな田圃の湯に浸かって、駿太郎はほっとした。

森藩の参勤交代が帰着して七日が過ぎようとしていた。

赤目父子は、国家老一派からも藩主に忠勤を尽くす一統からも無視されていたが、駿太郎は森陣屋で独り稽古三昧、小籐次は江戸の多忙な日々の疲れを休めるようにのんびりと過ごしていた。

毎晩、小籐次と駿太郎父子は、

「父上、われら、なんのために豊後の森陣屋に招かれたのでございましょうか」

「そうよのう。殿もまたわれらにのんびりとした日々を陣屋で満喫せよと申されておるのと違うか」

「それならそれでようございます。父上、殿とのお約束のひと月が過ぎたらわれら森城下を離れて頭成に戻りませんか。三島丸はすでに肥前長崎から頭成の湊に戻っておりましょう」

「それもひとつの策か」

といった曖昧な問答を繰り返し、眠りに就くのが習わしになっていた。

駿太郎は、日盛りの田圃の湯に身を浸けると遠く炎《も》ゆる山並みを見た。すると油蟬の啼き声がジージーと響いてきた。

「本日も酔いどれ様父子は、なにも為すことはないか」

と油屋の隠居が父子に質した。

「ないな」

長湯を楽しむ小籐次が返答をした。

「わしが思うに国家老一派は、なんぞ企んでおるぞ」

といせ屋正八方の隠居が言い、

「いせ屋正八さんよ、嶋内主石国家老はなかなかしつこいお方ゆえな、なんとか手立てを考えて赤目父子をこの森から追い出そうとしておるな」

と酢屋の隠居が応じた。

「それは有難い。われら、本日にも森陣屋を立ち去ってもよい」

「それでは酔いどれ小籐次様はなにをしに森にきたか分からぬぞ」

と油屋の隠居が応じた。

「隠居がた、わしら年寄りはときに無為に過ごす日々があってもよかろう、そう思わぬか。これは殿様のお心遣いではないか」

「隠居の仕事は暇を持て余すことよ。もっともなんでも屋の隠居は、あれこれと節介仕事を探してしておるわ」

と油屋の隠居が言った。

「わしら父子の世話も六兵衛さんの節介かのう」

それそれ、と言ったいせ屋正八の隠居が、

「酔いどれ様、おまえ様の刀の研ぎはどうなったな」

と話を変えた。

「おお、それよ。そろそろ研ぎ上がってもよかろうがな。未だ音沙汰はないな」

「求作親方は、仕事は丁寧じゃが日にちはかかると評判じゃ。なにしろ気に入った刀しか研がんというからな。滝の親方は、研ぎ代はいくらというたか」

「いや、聞かなかったな」

「払っておらんか」

と油屋の隠居が問うた。

「いや、懐紙に包んで置いてきたが、不足であったかのう」

「いくら置いたな」

とこんどは酢屋の隠居が質した。

「三両じゃがのう」

三人の隠居が驚きの顔をして、

「酔いどれ様も研ぎ仕事をしているそうやな」

と酢屋の隠居が問うた。

「わしら父子の仕事は刀の研ぎなど滅多にないわ。紙問屋や畳職や魚やの親方衆の道具や長屋のおかみさん連の出刃包丁なんぞを研いでおるのよ」

「包丁一本の研ぎはいくらか」

「わしは一本四十文を頂戴し、駿太郎は二十文の研ぎ代だ」

「それが江戸の研ぎ代の相場か。森ではみな自分の家で仕事道具も台所の包丁も研ぐでな、研ぎ代がいくらかなんてだれもしらん。酔いどれ様が求作親方に置いてきた三両は法外の研ぎ代よ。十一丈滝の親方、びっくら魂消て研ぐのを忘れておるのではないか」

と酢屋の隠居が言った。

「そうかもしれんな。まさか三両握って別府辺りの煮売り屋に駆け込んでよ、大酒食らっておるのと違うか」

と油屋の隠居が言い放った。

「いや、昔の求作親方ならそげんな真似をしよろう。けど、近ごろ酒はさほど飲んどらんぞ」

といせ屋正八の隠居が応じて、

「わしの考えじゃが、酔いどれ小籐次様の刀というので丁寧に研ぎ仕事をしているのよ。なにしろ赤目様が包んだ金子が金子じゃ。ひと振りの刀の研ぎ代に一両払う森藩の重臣はおるめえ」

「おらんおらん」

「半分の二分もおらん」

と酢屋と油屋の隠居がふたりして言い切った。

「ともかく研ぎの出来上がりが楽しみじゃ」

といせ屋正八の隠居が研ぎ話を締め括ろうとしたが、

「ところで酔いどれ様、酔いどれ様の刀は求作親方が気にいるほどの名刀か」

と油屋の隠居が刀に拘《こだわ》った。

「無銘の刀じゃが、江戸の研ぎ師も森の刀鍛冶國寿師も備中の次直と見立てておったな。わしの先祖がこの界隈であった大戦《おおいくさ》の戦場《いくさば》で拾ってきたか、敵方の武将から奪ったか、そんな曰くの刀よ」

小籐次が次直の出自をいくつも閑《ひま》に飽かせて三人の隠居に語り聞かせた。むろん事実がどれか小籐次には分からなかった。

その間、駿太郎は湯に入ったり上がったりと田圃の湯を楽しんでいた。江戸の暮らしでは、なかなか考えられない長閑な時だった。

「なにっ、酔いどれ様の刀はこの界隈の大戦《おおいくさ》で得たものか」

と酢屋の隠居が関心を示した。

「おお、わしの先祖はいつの御世も下士、まあ中間なみの身分じゃな。まともに金子を払って刀を得るなどあるまい」

「いつのことかな」

と油屋が小籐次に問い質した。

「なんでも森藩久留島家の立藩以前、戦国時代かのう」

「大戦となると、この玖珠に島津一族が侵入して大友氏と戦った天正十四年（一五八六）、いまから二百四十年も前じゃ」

といせ屋正八の隠居が年寄りの物知りぶりを発揮した。

「そうなると、わしの次直は二百四十年前の戦場の玖珠に帰ったことになるな。求作親方の研ぎ代としては安かったかもしれんな」

と小籐次が悔いの言葉を洩らした。

「いや、わしは十分やと思う」

と酢屋の隠居が言い切った。

「父上、湯から上がったら國寿師のもとへ聞きに行きませんか。求作親方は、森藩の陣屋のわれらの宿所に訪れるのは苦手なのではありませんか」

「そうか、滝の親方が研ぎ上がった次直を届けるのは、播磨守國寿刀匠のもとか」

「と思います」

「よかろう。刀匠にお借りした一剣を疵《きず》付けぬうちに戻したいでな」

と小籐次が田圃の湯のあとの行動を決めた。

「よかよか、わしらも刀鍛冶のはりまさんのところに行こうかな」

と油屋の隠居が言って三人の年寄りも赤目父子に従うことになった。


播磨守國寿師の鍛冶場ではいつものように耳に心地よい律動的な鎚音が響いていた。

「刀匠、邪魔を致す」

と小籐次が鎚音に抗して声をかけると師弟三人の鎚音が止まり、國寿が小籐次一行五人を見て、

「おや、本日は隠居づれで来訪か」

と言った。

「すまんな、田圃の湯の帰りでな。ご隠居方も刀匠に挨拶がしたいと同行してこられた」

「赤目様、この三人は森城下のなかでも暇を持て余しておる隠居たちでな、自ら望んで従ってきたのであろう。まあ、いせ屋正八方の子どもづれ同様致し方なき仕儀よ」

國寿師が見抜き、

「赤目様、研ぎ上がった次直が届いておるぞ」

「ほう、やはりこちらに届いておったか。いつのことかな」

「鍛冶場の神棚の前で見つけたのは最前よ。ということは本未明かのう。滝の親方はうちの鍛冶場の造りをとくと承知しておる」

「なに、十一丈滝の求作親方、そなたにも会わんでわしの刀を置いていったか」

「わしは次直に一切触ってもおらんぞ。変わり者の求作親方がうちを訪うなど酔いどれ小籐次様なら見抜いていようが。ほれ、それが証しにこのとおり隠居三人まで伴い、訪ねてこられたわ」

國寿師が小籐次に言った。

神棚の前の愛刀をちらりと見やった小籐次が神棚に拝礼し、腰から播磨守國寿の一剣を抜き、

「刀匠、この刀を使う前にお返しできて安堵しておるわ」

と差し出した。

「ただ今の侍など、生涯に一遍たりとも真剣勝負の場で抜き合わせることはあるまい。翻って酔いどれ小籐次様ほどの武名が満天下に立つと、次々に勝負を挑む輩があろうでな、わしが鍛造した刀も血を吸うこともあらんかと覚悟はしておった。それが大勝負に使われることなく、わが手に戻ってきたか」

國寿は残念無念といった表情を見せた。

「おお、そういう次第でお返し致す。そなたが鍛えた國寿がわが腰にあらばこそ、愚かなことを考える御仁も現れなかったというわけよ。豊後来《らい》の一剣のお力じゃ」

小籐次はまず丁重に刀を生みの親へと戻した。

「確かに受領した」

と受け取った國寿が弟子のひとりへ渡し、神棚に向かうと拝礼して次直を両手

で取り上げた。

國寿は、姿も見せずに次直を鍛冶場の神棚に置いていった求作親方の代わりに、

「赤目小籐次様、十一丈滝の親方の研ぎ、とくとお確かめあれ」

と差し出した。

「拝見致す」

拵えも丁寧に手入れがなされていることを小籐次は認めた。

神棚に向かい、次直を静かに鞘から抜いた小籐次は一見して、

「おおー」

と思わず感動の声を洩らした。

刃渡二尺一寸三分の切っ先から鍔元まで見事な研ぎだった。

これまで小籐次が腰に携えてきた歳月のどのときよりも見事に研ぎ直されて、南北朝期の名鍛冶次直が鍛え上げた、古の日に戻っていた。明るく冴えた地刃も華やかな逆丁子もきらめくように蘇《よみがえ》っていた。

「どうだ、満足かな、酔いどれ様」

「わしが研いでもいいとそなたに高言したが、あの言葉を取り消せるものならば取り消したいぞ。十一丈滝の求作親方は、何百年か前、この次直がこの世に生ま

れた折の新刀に研ぎ直してくれたわ。おそらく求作どのは、骨身をけずり、眠りに襲われた際は滝に打たれて、研ぎひと筋に専念したのであろう。そんな様子がわしには見える」

小籐次は國寿に道具を借り受けると目釘を外して茎《なかご》を晒し、柄の拵えをすべて外した。

茎も歳月の垢を落として清らかだった。

「こうなると、容易く次直の鞘を払うわけにはいかんな」

「なに、求作親方の研ぎ仕事を敬い、次直を使わんというか。それはいささか条理が通らんぞ。天下の赤目小籐次が勝負を挑まれ、『次直を穢《けが》したくないで勝負はなさぬ』と相手に頭を下げると言うか。赤目様に説教するのも烏滸《おこ》がましいが、刀は本来腰の飾りではないぞ。万が一の折は、迷いなく次直二尺一寸三分を抜いて勝負を為すべきじゃ。わしら刀鍛冶はこの文政の御世におっても腰の飾りを拵えておるのではない。武士《もののふ》の魂を鍛えておるのよ」

と言い切った。

「なんとつまらん考えを口にしたものよ。たかが厩番風情が天下の武芸者などと奉られて考え違いをしていたわ。忘れてくれんか、最前の言葉をな」

と小籐次が願うとそれには答えず、

「赤目様、わしにも十一丈滝の親方の研ぎを拝見させてくれぬか」

と國寿が願った。

「刀匠、存分に確かめてくれ」

と小籐次は抜身を差し出した。

「求作親方、拝見」

と告げて受け取った國寿が無言で研ぎ上がったばかりと思しき次直の、茎尻《なかごじり》から茎を凝視した。茎を確かめた國寿は、鎺下《はばきした》を棟区《むねまち》と刃区《はまち》から刀身へと観察していった。

その観察ぶりは、先人の刀鍛冶次直の仕事ぶりを見ると同時に求作の研ぎを確かめていた。ために長い時を要した。

鍛冶場に緊張の気が漂い、さすがにふだんは口の軽い隠居連も沈黙したまま國寿の一挙一動を眺めていた。

どれほどの時が過ぎたか。

ふうっ
と大きな息を吐いた國寿が無言裡に次直を小籐次の手に返した。

鍛冶場を支配していた緊迫した沈黙に耐えきれなくなったか、いせ屋正八の隠居六兵衛が、

「どや、滝の親方の仕事は」

と國寿に質した。

「わしが刀を鍛え、求作親方が下地研ぎから仕上研ぎを為す。かような付き合いは何十年となるわ。されどかような研ぎを見たことはない。十一丈滝の親方め、何百年も使い込んだ次直の歳月の穢れをすべて研ぎさって新刀に戻しよったわ。わしは、これまで求作親方の真髄を知らずして付き合ってきたのか」

と洩らした。

「ふーん、酔いどれ様もはりまの師匠も滝の親方の仕事ぶりに満足なんやな」

いせ屋正八の隠居が問うと、小籐次と國寿のふたりが大きく頷いた。

その頷きはいせ屋正八の隠居に向けられていたが、実際は十一丈滝の求作親方に向けられたものだった。

小籐次は次直をいま一度神棚に向けて奉献すると、柄に納める前の刀身を駿太郎に渡した。

「父上、拝見します」

と言って受け取った駿太郎もまた無言で求作親方の渾身の研ぎを見た。研ぎ上がった刀身がこれほど美しいものか、駿太郎は頭に言葉が浮かばなかった。

「どうだ、駿太郎」

「それがし、こたび森陣屋に参り、幸せにございます。刀鍛冶の播磨守國寿様、十一丈滝の求作親方の仕事ぶりを見るために二百七十余里の旅をしてきたのでございますね、父上」

「おお、そういうことだ。藩の政に関わる内紛などはどうでもよきことよ。わしの先祖が森藩の下士であれ中間であれ、関わりを持ったことに誇りすら覚えるわ」

「はい」

駿太郎が答えて次直の刀身を父に戻した。

「はりまの師匠、この在所の城なし大名も捨てたものではないということか。それほど滝の親方の研ぎは凄いということか」

といせ屋正八の隠居六兵衛が國寿に念押しした。

「まあ、そういう捉え方もできるな」

「うちにある道具を求作親方に研がせたら、古びてガタがきておる出刃包丁が新品に変るか」

「いせ屋正八の隠居、新品にもならぬな。それよりも滝の親方がガタピシ包丁の研ぎを黙って断ろう」

「ううーん、滝の親方にはだいぶ貸しがあるんじゃがな」

「隠居、さようなことは忘れなされ」

と柄を戻した小籐次が満足げな顔で言った。

三

この朝もいせ屋正八方で遅めの朝餉を赤目父子は馳走になった。

すでに森城下の町屋では商いが始っていた。

いせ屋正八方の当代、婿の隆吉は稲の育ち具合を確かめにいっているとかで、姿は見えなかった。それに孫の正太郎、二郎助、三吉の三人も藩主の墓所がある安楽寺の和尚が師匠の寺子屋に読み書きの稽古に行っていた。

いつもの囲炉裏端で赤目父子は、川魚の甘露煮、小蕪《こかぶ》の味噌汁などの朝餉に箸をつけた。若い駿太郎には、どんぶり一杯の香の物と生卵もつけられていた。

「わしら父子、なにやらいせ屋正八方の居候になったようじゃな」

小籐次は味噌汁の椀を手に隠居の六兵衛とおかるに一応恐縮の体で言った。

「陣屋の飯が恋しいか」

六兵衛が小籐次に聞いた。

「恋しくなるほど食うておらぬ。それにな、こちらのめしが美味いでな。そう思わぬか、駿太郎」

と小籐次が倅に問うた。

「父上、比べようもございません。なにしろ陣屋のめしはいつ炊いたか、こちこちに冷えておりますし、味噌汁もぬるうございます。それがしは、断然いせ屋正八さん方のめしがようございます」

すでに一杯めのめしを掻き込んだ駿太郎が言い切った。

「われら、江戸におるときも昼餉は、出入りの紙問屋久慈屋さんの台所で馳走になる。身内と奉公人で何十人もおる久慈屋では、女衆がつねに三度三度のめしに気を配っているでな、こちらのように温かい料理は温かく冷やすべき食い物はきちんと冷やして、供してくれる。われら父子、どこに行っても他人様の世話になり、贅沢させてもらっておる。繰り返すが陣屋のめしは、いせ屋正八方の朝餉と比べようもない」

「ほうほう、めしは別にして江戸の商いは森とは比べようがないな。なに、江戸の紙問屋の奉公人は何十人もおるか」

「おお、久慈屋の客筋は公儀を始め、江戸に屋敷を構える大名諸家、旗本家、大店と、大量の紙を使うところばかりじゃ。そのうえ、近郷近在の名高い神社仏閣にも卸しておられる。紙も諸国から仕入れておられるで、江戸でも久慈屋は大商いであろう。われら父子、昼餉は、久慈屋さんを始め、馴染みの客のところで馳走になるばかりよ」

「父上、私ども、食い物屋で銭を払って食べることなどまずありませんね」

「言われてみるとそうだな」

父子の問答を六兵衛もおかるも楽し気に聞いていた。

「なんぞお返しせぬといかんな」

と小籐次が言い出した。

「酔いどれ様、わしのところにめし代を払うというか」

「こちらにめし代を払うなど失礼千万であろう。わしが思い付いたのは、十一丈滝の親方は、こちらにツケがあると國寿師のところで言ったな」

「おお、うちにも油屋にも未払いがなにがしかあるな、酢屋にはないというておったわ。酔いどれ様が刀の研ぎ代を払ってくれたで、なにがしか払ってくれるといいがな」

と六兵衛が期待を寄せた。

「隠居、そなたの知り合いに滝の親方のツケ、どれほどあると思うな」

「うちが大口でな、江戸の金遣《きんづか》いで二分ほどかのう。米に味噌、他になにを購《あがな》ったかな。ほかの仲間を合わせると二両ほどか。どうだ、おかる」

「そんなもんでしょう、お父つぁん」

小籐次は巾着を出すと二両をおかるに差し出した。

「赤目様が滝の親方のツケを払う曰くがありますか」

「おかるさん、ある、あるのだ。わが刀、次直の研ぎは見事でな、これほどの研ぎを為す研ぎ師はふたりといまい。そんな研ぎ師の研ぎ代は十両と言われればその金子を出すしかない。わしは三両しか払っておらぬでな、その足しよ。それに参勤交代に同行する折、われら父子、一文の銭も使っておらぬ」

「父上、秋吉さんと申される賦役のお方に城下への使いを願い、なにがしか払われたのではありませんか」

「おお、二分を払ったのを忘れておったわ」

と父子の問答に、

「酔いどれ様の金遣いはいささか乱暴ではないか」

と六兵衛が文句をつけた。

「いや、人の命が関わる使いよ。それなりに間尺があっておるわ」

「ふーん、とはいえ森城下ではいくら酔いどれ様でも銭の使い道はあるまい」

「なかろう。わしは分限者ではないぞ、じゃが、求作親方の研ぎ代くらいきちんと払いたい。とはいえ、当人に差し出せば、すでに貰っておるというて受け取るまい」

「おお、受け取らんな。それにしてもおかるではないが、酔いどれ様が滝の親方の米、味噌のツケを肩替わりする曰くがいまひとつ判らんぞ」

「よいよい、わしのお節介と思え」

小籐次は二両をおかるに渡した。

「すまんがツケのあるところに、親方には内緒でおかるさんから払ってくれぬか。そうだ、ご隠居、おかるさんや、わしらが森陣屋を立去る折になにがしか金子を残していこう。求作親方の食い扶持よ」

駿太郎は、小籐次がかように差出がましい申し出をするのを初めて見た。やはり父は、いっしょに滝に打たれた折から求作親方が赤目一族のひとりと確信していたのではないか、と勝手なことを思った。

「酔いどれ様よ、念押しするが求作親方の研ぎはそれほど凄いか」

隠居の六兵衛が改めて質した。

「わしはこの豊後の地で新たな次直を得た気がする、それほどの研ぎだぞ。わしは研ぎ屋じゃが、求作親方は研ぎ師じゃのう。森は陣屋の外に並外れた技量の人がおられるわ」

という小籐次の言葉に、

「刀鍛冶のはりまさんもそうか」

「おお、播磨守國寿師もそのお一人よ」

「そうか、ふたりしてなかなかの技量か。森陣屋ではふたりに対して、大した扱いはしておらんぞ。なにしろ滝の親方は米、味噌の払いを溜めるほど貧乏よ」

「そこよ、森陣屋のいかぬところは、大事な職人衆を認めておらぬところよ。上《かみ》下《しも》姿で威張っていても、所領の人の才を見る眼を失った武家は、どうにも使いものにならぬ」

と小籐次が言い切った。

「父上、話に夢中で味噌汁が冷えますよ」

駿太郎に注意されて小籐次が味噌汁を飲み始めた。

「駿太郎さんはしっかり者よね、お父つぁん」

求作親方のツケ話が終わったと思ったおかるが六兵衛に言った。

「おお、赤目小籐次様もさることながら、子息がしっかり者じゃ。親父様も安心じゃぞ」

と言った隠居が、

「それにしても酔いどれ様父子は包丁一本の研ぎを四十文でしてようも暮らしが立つな。求作親方の稼ぎとかわるめえ。それでいて、滝の親方のツケを払うという。どうなっておるのだ、赤目家の暮らしは」

とすでに朝餉が終わった駿太郎に聞いた。

「ご隠居、それがしにも分かりません。物心ついた折は、父とふたりして町なかの九尺二間の裏長屋に住まいしておりました。ただ今は、千代田城の東を流れる川の向こうの、船着場のある望外川荘という大きな屋敷に住んでおります。なにが起こったのでしょうね」

と駿太郎が首を捻ると、

「望外川荘は、どう考えても森藩久留島の殿様の下屋敷厩番だったわしが住む屋敷ではないな。どうなっておるのかのう、赤目家の暮らしはな」

当人の小籐次も駿太郎に無責任な答えを返して平然としていた。

六兵衛とおかるも呆れて小籐次を見た。

「いよいよ判らんぞ。酔いどれ様の江戸での暮らしぶりがな」

と六兵衛が洩らし、

「お父つぁん、それほど赤目小籐次様の生き方は度量が大きいということではないの。金子の出入りがどうなっているか推量もつかないけど、赤目様も駿太郎さんも長屋暮らしを忘れないように一本四十文の研ぎ仕事に拘っておられるのだと思うわ」

おかるが言い切った。

「うーむ、となると酔いどれ小籐次様の出世譚はやっぱりこの貧乏城なし大名の久留島の殿様から始まったんじゃな」

「そうよ。だから、江戸から遠い豊後の山国までお見えになったのよ」

おかるは森にあって赤目父子の生き方、考え方をしっかりと洞察していた。

「となると、おかる、わしらの家で朝めしを食うくらいなんでもないか」

「おお、わしら父子は豊後までおかるさんの炊くめしを食いにきたのかもしれんな」

と小籐次が得心したか大きく頷いた。

と店から声がした。

「ご免、こちらに赤目小籐次様がおられるか」

「池端さんだ」

という駿太郎に、

「陣屋のお武家様かしら」

と呟くおかるの声音が緊張していた。

「おかるさんは会ってはおらぬか。近習頭の池端恭之助どのだ」

「た、大変だわ。近習頭様は重臣さんよね」

おかるがだれとはなしに確かめようとした。

「父上、池端さんは重臣ですか」

「殿の近習頭ゆえ上士のひとりであろう。とは申せ、城なし大名の上士はこちらのいせ屋正八さんほど豊かではあるまい。森陣屋に来て、家臣すべてが上米五割と聞いたぞ。百石の家禄から五十石、藩にとられては娘の晴れ着の一枚も買えまい」

と小籐次の話は余計なところまで広がった。

「おかるさん、こちらにお呼びしてようございますか」

「座敷でなくていいの」

おかるが駿太郎に尋ねた。

「池端さんはそれがしの弟弟子です。座敷よりこちらが気楽と言われますよ。それがしが連れてきます」

駿太郎が表に出ていき、板の間の囲炉裏端に池端恭之助と創玄一郎太《そうげんいちろうた》のふたりを連れてきた。

「おお、やはりいせ屋正八方でしたか。近ごろ駿太郎さんは武道場にも姿を見せられませぬな。溝口師範も最上師範代も、『われらの技量不足ゆえ、赤目様も駿太郎さんも武道場に参られぬ』と嘆いておられますぞ」

と言いながら腰から刀を抜いて、どっかりと囲炉裏端に坐った。

創玄一郎太はどうしてよいか分からぬように板の間の端に立ち竦んでいた。

「一郎太さん、頭成から城下に見えましたか」

「御用嚢が大坂の藩邸から届きましたゆえこちらに届けに参りました」

「さようでしたか。こちらにお坐りください」

駿太郎が自分の傍らを差すと、一郎太が緊張の顔で坐した。

「池端さん、そのような理由で武道場に顔出ししないのではございません。それがしの朝は早いのです。藩のご家臣方が稽古を始められるころには、すでに独り稽古をなして田圃の湯に浸かっております。それだけの話です」

「そうか、やっぱり森藩の武道場は生ぬるいか」

池端が駿太郎の言葉をそのとおりに受け取らずに言った。

「さようなことはどうでもよいわ。池端どの、なんぞ用事かな」

と小籐次が訊いた。

おかるが囲炉裏端の朝餉を片付け始め、隠居の六兵衛は小声で、

「わしら、ここにいていいか」

と駿太郎に聞いた。

「ご隠居、この者たちに気遣うことはないぞ。ふたりして、わしの数少ない剣術の弟子ゆえな」

と小籐次が返事をして、

「上米五割の近習頭ではのう」

と余計なことまで言い添えた。

「そのことをこちらに来て知らされ、それがし、森藩を辞して赤目様と駿太郎さんに弟子入りしようかと迷っております」

「池端どの、わしら父子に弟子入りな。そなた、研ぎの技量があったか」

「そういきなり質されると、それがし、なんと答えてよいか。ともかく研ぎをまず教えてくだされ」

と近習頭が言い出した。

「赤目様、それがしも池端様といっしょに弟子にしてください」

と一郎太が願った。

「剣術はもとより研ぎの弟子をとるなど烏滸がましいということが分かったわ。研ぎ屋稼業、廃業でな」

おかるが池端恭之助と一郎太を含めて五人の茶を淹れてきた。

最前からの問答を聞いて、森陣屋の武家とはだいぶ違うと思ったか、いせ屋正八方の板の間の緊張の雰囲気は薄れていた。

「おかるさん、すまんな。そなたの家をわが家のように使うておるわ」

と小籐次が詫びた。

「このお二方、江戸藩邸のお武家様ですね」

「おお、そういうことだ。ふたりは来年の参勤上番までこの地に残ろう。困ったことがあれば助けてくれぬか」

とおかるに紹介した。

「それがしも一郎太も赤目様方が森を去られる折、いっしょに江戸まで同行できませぬか。江戸に戻り、研ぎ屋の弟子入りをさせてください」

「最前の言葉は冗談ではないぞ。それがしの研ぎなど子ども騙しであったわ」

と小籐次が答え、傍らに置いていた次直を池端恭之助に差し出した。

「おお、研ぎが上がりましたか。森の研ぎ師の技量はいかがですかな」

「池端恭之助どの、十一丈滝の求作親方の研ぎを確かめてみよ」

小籐次の顔を直視した池端が囲炉裏端に坐りなおして、

「拝見致します」

と両手で受け、一旦膝の前に次直を置くと襟元から懐紙を出して口に咥《くわ》えた。

その様子にいせ屋正八方の囲炉裏端を新たな緊張が支配した。

改めて次直を取り上げた池端が鞘を払い、刀身に顔を近づけると研ぎ上がりを見た。

その顔に驚きが奔った。

鑓から切っ先まで観察するうちに驚きが畏怖に変っていくのが分かった。

池端恭之助は江戸藩邸定府の近習頭だ。一応、武家方が心得ねばならない刀の知識は、父から教えられていると見えて、柄頭を下にして表側、裏側と鑑賞した。

静かな時が囲炉裏端に流れ、一瞬両眼を閉ざした池端が眼を見開き、最後に刃文を眺めて鞘に納めた。そして、無言のままに小籐次に返し、口から懐紙をとると懐に仕舞った。

小籐次も口を開かず、池端も感想を一切述べなかった。

「池端さん、十一丈滝の親方の研ぎいかがですか」

と駿太郎が問うた。

「森の所領にこれだけの研ぎ師がおられましたか」

「おった、おられたわ。江戸なれば、研ぎ代何十両であったとしても愛刀家が願おう。だが、この森の地にてひっそりと研ぎの修行をしておられる。わしは、かような次直を初めて見た。そなたを研ぎの弟子にするなど滅相もないことよ。わしは、終生研ぎ屋だ」

と小籐次が言い切った。

無言で頷いた池端恭之助が、

「間に合いましたかな」

と分からぬ言葉を告げた。

「それが用事か」

「いえ、殿から赤目小籐次様と駿太郎さんへの命と、別にもう一つございます」

「なんだな、殿の言葉から聞こう」

「殿は、明朝、角牟礼城本丸にて赤目様父子をお待ちになるそうです」

「ほう、参勤下番の後始末はすべて終えられたかな」

「いささか、いつもより長い日数がかかったそうですがなんとか終わりました」

「大名というもの、参勤下番のあと、あれこれと公儀に誠意やら忠義やらを尽さねばならぬか」

はい、と答えた池端が、

「うちのように城なし大名にして石高が少ないゆえ苦労があるのではのうて、百二万石の金沢藩前田家には大大名としての難儀がございましょう。ともあれ、参勤交代の後始末をなんとか果たしたこの時節が殿にとって気楽なときだそうでございます」

池端の言葉に頷いた小籐次が、

「明朝、角牟礼城の本丸じゃな、承ったと殿に伝えてくれ」

と応じ、

「われら父子ふたりで登ればよいな」

「いえ、与野吉を案内人に差し向けます。今晩は陣屋の宿所にお泊りくだされ。それがしは、殿といっしょに先行することになろうかと存じます」

「相分かった」

と答えた小籐次に、

「与野吉が聞き込んだ話を赤目様と駿太郎さんに申し伝えておきます」

小籐次も駿太郎も無言で池端を見た。

「国家老嶋内主石様には、二十余年前、ある女子衆に産ませた男の兄弟がおりますそうな。相手の女子衆の実家《さと》は、天領別府の在の谷中《やなか》家です。来島水軍の一派と関わりがある剣術家の家系とか」

「ほう、さような庶子が嶋内主石国家老におったか」

「谷中弥之助《やのすけ》、弥三郎《やさぶろう》兄弟は、物心ついてここ十何年か国家老に会ったことはないとか。ほどなく亡くなった兄弟の母に対する国家老の仕打ちに谷中家が立腹されてのことです。それがこたび、国家老のほうから遣いを送られたそうな」

「嶋内主石どのは、昔女衆に産ませた庶子兄弟を最後の頼みとされたか」

「のようです」

「谷中弥之助、弥三郎兄弟、いくつかな」

「二十代なかばとか。この者たちの剣術を、溝口師範が見たことがあるそうです。そこで最前、それがし、この兄弟について溝口師範に直に訊ねました。溝口師範は、十年余も前、別府の外れにて町道場を営む谷中家の兄弟の打ち込み稽古をご覧になったとか。溝口様の申されるには、三島村上流《さんとう》の技量、その時点ですでに兄弟ともに一廉《ひとかど》の剣術家であったとか。剣の申し子とも評されました」

「庶子の谷中兄弟は、母に対する嶋内主石の仕打ちを憎んでいたのではないか」

「こたびの嶋内国家老の兄弟への頼みである赤目父子の排除は、実父への憎しみを超えて受け入れたようです。国家老はこの十年余、兄弟の消息を聞いたこともなく忘れていたと申されました。いえることは、十余年前に見た兄弟の剣技が歳月とともに向上しているとしたら、赤目小籐次様、駿太郎さん父子も、容易い気持ちで相手はできまいと険しい顔でそれがしに申されました」

「そなたが、間に合いました、と洩らしたのは谷中兄弟が実父の願いを聞き入れて、われら父子の前に立つということか。その折りの戦いに次直の研ぎが間に合うたということか」

「いかにもさようです」

と答えた池端恭之助がぬるくなった茶を喫した。

四

「明日、角牟礼城の本丸にてお会いしましょう」

と言い残して池端恭之助と創玄一郎太のふたりがいせ屋正八方を去ったあと、囲炉裏端にはなんとも言えない沈黙があった。

隠居の六兵衛もおかるも陣屋の内情を聞かなければよかったという顔をしていた。

小籐次もまさかかような話を池端がするとは思わず、気遣い無用と言ったのはいささか迂闊《うかつ》だったとの思いを胸に抱いていた。

沈黙を破ったのは小籐次だった。

「ご隠居、近習頭が言い残した話、そなたら、聞いたことがあるか」

「いえ、たしかなことはなにも」

と六兵衛が微妙な言い方をして、

「最前の話、初めて聞いたわ。ほんとのことかしら」

おかるは言い切り、疑問を呈した。

「ご隠居、噂話をなんぞ承知のようじゃな」

小籐次の問いにしばし六兵衛は間をおいて口を開いた。

「酔いどれ様よ、嶋内主石様の二十数年前といえば、頭成にて代官だか、町奉行だかを勤めておられたはずだ。その頃の嶋内様は、遊び人の評判が高くてな、あれこれとそんな噂が城下に流れてきたことがあったな、そんなことを近習頭様の話を聞いて思いだしたところよ。そんな若き日の国家老様が天領別府の武家方の女衆に子を産ませておったか。二十数年後のいま、国家老として最後の頼みとばかり、庶子に助勢を願ったことは、恥知らずと違うか」

と最後は吐き捨てた。

「うむ、なんともいえぬ。われら、国家老の若き日の放蕩話を聞かされてもな、そのうえ、庶子ふたりがわれら父子をどうしようというのだ」

小籐次が迷惑千万という顔をした。

「赤目様、はっきりといえることがござるな」

「なんだな、ご隠居」

「もし、谷中弥之助、弥三郎兄弟がこの森城下に姿を見せたとしたら、半日もせんで城下じゅうに噂が広まろう、むろんわしらも知ることになる。国家老の嶋内様にとってよきことか、悪しきことか」

「悪い所業がひとつ増えたところで嶋内主石にとってどうでもよきことではないか。わしらは国家老どのの足掻きに付き合いたくはない。いや、兄弟は、実父の馬鹿げた申し出を受け入れるとは思えぬ」

と小籐次が言い切り、

「駿太郎、どう思う」

と倅に質した。

駿太郎は父の問いをとくと思案した。

「谷中兄弟が、十余年も前に溝口師範が認められたような剣術の天才であるならば実父への想いは別にして、国家老の申し出を受けられるのではないでしょうか」

「なぜ言いきれるの、駿太郎さん」

とおかるが聞いた。

「剣術家って厄介なんです。剣術家にとって、『御鑓拝借』以来数多の武勇を重ねてきた赤目小籐次は無視することができないのです。ひょっとしたら、谷中兄弟、剣術家として赤目小籐次と立ち合いたいという気持ちになるのではないでしょうか。われら、かような剣術家をこれまでも数多く見てきましたから」

「駿太郎さんのいうことが当っているならば、呆れる他ないわ。何十年も厳しい修行をしてきたすべてをかけて、父親のような年齢の赤目小籐次様と生死をかけて立ち合うというの」

「おかる、わしら、なんでも屋の小商人には分からん理屈や。ともかく新たな厄介が赤目様父子の前に生じたことはたしかだぞ」

と六兵衛が言ったとき、孫たちが安楽寺の寺子屋から、

「腹が減った」

「おっ母さん、なんかない」

と言いながら賑やかに戻ってきて、この話は中途半端のまま終わった。

翌未明、東の空が微かに白み始めた刻限、赤目小籐次と駿太郎父子は、与野吉の案内で角埋山への山道入口に立っていた。

角埋山は、標高百九十丈（五百七十七メートル）あり、ふもとの森陣屋を従えて堂々とした姿を見せていた。

小籐次は破れ笠をかぶり、草鞋履き、腰に次直一剣を差し、手には竹杖を携えていた。一方、駿太郎は備前古一文字則宗を背負い、手には木刀を持っていた。

与野吉はといえば、水や食い物が入った竹籠を負っていた。そして、六尺ほどの棒を杖代わりに手にしていた。

「赤目様、角埋山の頂、本丸跡を登り下りするだけならば、半刻で済みましょう」

「なに、角埋山の頂までそんな暇で往来できるか」

「はい。本丸に辿りつく道はふたつございます。ひとつは大昔に国衆らが造った山城の三の丸、大手門、西門を経て本丸に辿りつく正面からの坂道です。もうひとつは角埋山の東から回り込みながら向かう獣道のような山道です。こちらは表道よりさらに古くから地元の百姓衆や杣人《そまびと》に使われてきたものと思えます。大友一族の番城《ばんじろ》のころは、この山道は隠密道であったかもしれません。来島一族がこの地に入封して角埋山の表道は整えられたのでしょうが山道はそのままです」

「与野吉、楽な道はどっちかのう」

　と小籐次が尋ねた。

「それは陣屋から登る表道です」

「こちらを登り下りすれば半刻で往来できるか」

「はい」

　と答えた与野吉が小籐次を見た。

「そなた、ふたつの道を承知じゃな」

「はい」

「どちらを勧めるや」

「険しい登りの山道です。角埋山を崇めてきた先人方の苦労が偲ばれます」

「ならば山道を参ろうか」

　と三人は歩き出した。

　すぐに道は二手に分かれた。

　石段のある左手の道には進まず、与野吉は右手の林の中の山道に入った。ひとりがようやく登れる幅しかなく生い茂った夏草が左右から垂れて足元の地面を隠していた。八丁越の石畳道が大路に思えるほどの山道だった。

　三人は黙々と歩くしかない。

「山道のこの辺りを杣人は三ツ割石と呼んでおります」

　と先頭を行く与野吉が後ろに従う小籐次に告げた。

「なかなか凝った名ではないか」

「この先ではすべり石と呼ばれ、さらに登ると片割石と変わります。足元は垂れ下った夏草でよく見えませんが山道に石が敷いてあります」

　と与野吉の説明は続いた。

　最後を行く駿太郎にも与野吉の声は十分届いた。

　不意に林が途切れるとすでに日の出が角埋山を照らしつけていた。

「与野吉、昨日、そなたの主から国家老の庶子兄弟の一件を聞かされた。そなたが探索してきた話じゃそうな。だれから話を得たな」

　竹杖で夏草を払いながらいく小籐次が話題を変えた。

「はい、お艶の方の下人に酒好きがおりまして、この者に幾たびか酒を飲ませてお艶の方が国家老に食ってかかった話を得ました」

「お艶は、国家老どのの昔の女子衆に嫉妬しおったか、すでに身罷って長い年月が過ぎていよう」

「わっしは、国家老の庶子、谷中兄弟に嫉妬しているのではないかと思いました」

「ほう、お艶がなにゆえ庶子兄弟に嫉妬するな」

「国家老が御用人頭の水元忠義様に命じて谷中兄弟への遣いを送らせたことを最近までお艶に話さなかったことにかんかんに怒ったと下人が話しておりました。お艶は兄弟が森藩に近づくことで自分の立場が悪くなるとでも思ったのではないでしょうか。そうなると国家老が、お艶より血の繋がった庶子兄弟を重用するとでも考えたのでは」

ゆったりとした足取りながら黙々と進む三人は、いつしかすべり石を過ぎ、片割石に差し掛かっていた。

「この先に段々がありましてな、そこを登った月見岩で休息しましょう」

と道案内の与野吉がふたりに言った。

丸太を杭で止めた段々を登りきると景色が開けた場所に出た。

最後尾の駿太郎が後ろを振り向くと、最前通ってきた林の向こうに森陣屋と町並みが見えた。

「父上、なかなかの景色です」

「なに」

と振り返った小籐次が、

「駿太郎、そなたが仁王様のように立ち塞がっておっては景色もなにもあるか」

と言い放った。

「これは失礼」

父子のやりとりを聞いていた与野吉が、

「赤目様、月見岩に上がれば、景色が見えますぞ。ほれ、この先に月見岩が」

と差して父子に教えた。

にょっきりと小山のようにある月見岩には段々が刻まれて鉄鎖も垂れていた。段々と鉄鎖を頼りに月見岩に登った赤目父子は、初めて森の所領を眺め下ろした。

「おお、なかなかのものかな」

「赤目様、駿太郎さん、右手に見えるのが伐株山《きりかぶさん》、真ん中が万年山《はねやま》、その奥には阿蘇の山々がありますよ」

「絶景かな絶景かな、と感動に身を震わせたいが、やはり、森藩は山中にあるな。二百年前の先祖の嘆きが聞こえてくるようじゃ。三島《さんとう》村上氏の来島一族、海を捨てざるを得なかった哀しみを見るようじゃ」

　と小籐次が嘆いた。

　月見岩に坐した赤目父子に与野吉は担いできた竹籠から茶碗を出し、

「赤目様、酒も少々持ってきましたが、水より酒にしましょうか」

「与野吉、角埋山の頂で先人たちの行いに触れ、当代の森藩藩主にお目にかかるのだぞ。朝から酒はいかんな、水を貰おう」

　と願った。

　与野吉が水を三つの茶碗に注ぎ、竹皮包みから握りめしを出して親子に供した。

　三人は、角埋山の月見岩から遠く豊前の地を眺めながら朝餉を食した。与野吉が陣屋の台所で造らせた握りめしは梅ぼしだけが入った素朴な味で、牛蒡《ごぼう》漬を添えてあった。

「陣屋を見下ろしながらの朝餉、なかなかのものじゃな。角埋山に関わった先人たちの行跡が目に浮かぶわ」

　と小籐次が言った。

「父上、角埋山はいろいろなお方が関心を抱かれたのでございますか」

　と駿太郎が訊いた。

「それよ、この森陣屋に入るまで忘れていたがな、わしが森藩下屋敷に居たころ、用人の高堂様と父が内職の合間に繰り返し話していた角埋山のことをこの地に来て思いだしたのだ。角埋山を、とくと知る肉親か身内のように話し合っておった」

「どのような話ですか」

駿太郎の問いに小籐次は与野吉を見た。

「赤目様、私の話はすでに山道にて尽きました」

と与野吉が答えた。

「そうか、ならば昔、幾たびも繰り返し聞かされた話を思い出してみようか。古から戦国の御世にかけて玖珠郡は『国侍持切ノ国』と称せられて国侍十二人が支配してきたのだ」

「なんですって、『国侍持切』ですか」

と駿太郎が新しい言葉に反応した。

「おお、そんな国侍衆十二人が何百年も支配してきたには、角埋山が大きな意味を持つのだ」

と握りめしを持った手で小籐次が豊後と豊前の国境の方向を差した。

「角埋山は、切り立った岩が剝き出しになった天然の砦と思わぬか、天然の山城よ。まず古、角牟礼城は豊前側への抑えの役目を担わされてきた」

と言った小籐次が、

「与野吉、薩摩の島津軍が豊後に侵入したのはいつだったのかのう」

「はい。天正十四年（一五八六）にございます」

と立ちどころに与野吉が答えた。

にやりと笑った小籐次が、

「六千人もの島津の大軍が国侍衆が守るいくつもの城をたちまち落とした。だがな、大友方の国侍衆わずか千人は城を守り切り、難攻不落の山城として角牟礼城は名を西国一帯に馳せたのよ。下屋敷の台所で内職しながら、わが父が滔々と豊薩の戦の話を高堂用人と繰り返しておったのを思い出したわ」

「父上、その先がございますか」

「おお、与野吉は詳しゅう知っておるようじゃが、年寄りのいい加減な心覚えに話し方を譲ってくれたわ」

と笑い、

「いえ、最前申したとおりです」

と与野吉が応じた。

「ならば頭の奥から何十年も前に聞いた用人と亡父の問答を引き出そうか」

と言い、食いかけの握りめしを食し終えた小籐次が、

「江戸幕府が誕生したころのことよ、毛利高政どのと申されるお方がこの角埋山に関わってこられる。尾張の出で、元々の姓名の儀は森高政と申された。豊臣秀吉公に仕えていたがどのような経緯があったか、秀吉公が高政どのを今の長州の毛利一族に人質に出されたそうな。その折り、森高政どのは毛利輝元様に気に入られて、毛利高政と姓を改められた」

「父上、いつになったら、ただ今の久留島一族がこの角牟礼城に関わってくるのですか」

二つ目の握りめしを食い終えた駿太郎が先を急かせた。

「それよ。その後大友様が除封となり、文禄四年にな、毛利高政どのが日田と玖珠の二郡を統治することになった。その統治の間、毛利どのが数年かけてな、角埋山の二の丸、三の丸を穴太積《あのうづ》みの石垣で固めてな、織田信長公や秀吉公の築城術を取り入れて、当時としては斬新な城郭として改修したそうだ」

「久留島家は未だ角埋山の城に関わりませんね」

「駿太郎、そう急かせるな、思い出すにも時を要するわ。何しろ大昔聞いた話で曖昧なうえに間違いもあろう。その辺りは心して聞け」

と小籐次が言い訳した。

「さて最前の毛利高政どのが同じ豊後国ながら佐伯《さいき》に転封されて、代わりに初代の来島長親公がこの地に入られたのだ。たしか慶長六年（一六〇一）のことよ」

「父上、来島一族がこの地に入られて統治された折は、所領に角牟礼の山城があったのですね。それならば城持ち大名ではありませんか」

駿太郎が言い切った。

「おお、所領に立派な山城があったからそうともいえる。ところが二代藩主の通《みち》春《はる》様の代に廃城を公儀から命じられたのよ。村上水軍の来島一族は山に転じさせられて大名になり上がったが、通春公の御代、来島の姓を久留島と改名して海の民であったことを棄てた。そんな同じ時期、角牟礼城は、廃城を命じられ『御留《おとめ》山《やま》』として藩の管理下に置かれたのよ」

小籐次の話が終わった。

「父上、『御留山』とはどのような山ですか」

「容易く述べると公儀の御林《おはやし》にあたるものであるな。その山のある藩に管理させて、民が一切立入ってはならぬ山を『御留山』と呼ぶのだ」

「父上、廃城になって二百年以上が過ぎておりますね。久留島の殿様は、『御留山』と呼ばれようと角埋山という立派な天然の城址をお持ちだと思うな、ならば城持ち大名ではありませんか」

とふたりに問うた。

小籐次は駿太郎の問いに答えなかったが、

「駿太郎さん、『御留山』として管理せねばならない角埋山をお城と考えることが森藩にとってどういう意味合いなのか、角埋山の本丸跡を自分の眼で確かめてください」

と与野吉が答えた。

三人は朝餉を終えて再び山道の登りに戻ることにした。

「これから焼不動尊までが険しい山道になります。草鞋の紐をしっかりと締め直してください」

与野吉の言葉に父子は足拵えを為すと、また三人の隊列を組み直した。

しばらく無言で歩いていた駿太郎が前を行く父の背に問うた。

「なぜ殿様は『御留山』の頂でわれらと会おうと申されたのでしょう」

「さあて、その問いに答えられるのは殿だけだな。なんとなくじゃが、殿もまた下屋敷の厩番であったわし以上に先代様や家臣たちから角埋山のことを聞かされて育ってこられたのではないか。角埋山を城として崇めてこられたのではないか」

「殿様は、城なし大名と呼ばれるのがなにより屈辱だったのですね」

駿太郎は己に得心させるように言った。

「徳川家が江戸の幕府を開いて以来、大名諸家は、一国一城を命じられ、公儀に認められた城だけが城なのだ。森藩に角埋山の城跡があっても、それは公儀に認められた城ではない、藩が管理する『御留山』よ。ゆえに詰の間で城なし大名として蔑まれることになったのだ」

「父上はそんな殿様に同情されて四家の大名方の御鑓先を切り落とされました」

「殿に同情をなしたなど、厩番風情がなんとも烏滸がましいことよ。世の理を知らなかったせいよ」

と小籐次は駿太郎が生まれる以前の己の武勇伝を卑下した。

「父上の『御鑓拝借』騒ぎがなければ、豊後国の角牟礼城址も知らず、われら父子、江戸の片隅でひっそり暮らしていたでしょうね。いや、待てよ、それがし、赤目小籐次の倅ではなかったことになるぞ。なんということか」

「ああ、わしのあの軽率なる行いがかような旅をさせたのはたしかなことだ。そしていま、われら父子、八代目藩主通嘉様に招かれて、『御留山』の角埋山の城跡を訪ねようとしておる。『御鑓拝借』騒ぎがわれら父子をこの角埋山の城跡に立たせようとしておるわ」

と小籐次が感傷に満ちた口調で言ったとき、一行三人は焼不動尊を過ぎて、本丸のあった頂の台地にたどり着いていた。そこには東西二十四間（四十三メートル）、南北二十九間（五十三メートル）におよぶ曲輪《くるわ》があった。

角埋山の真上の空は真っ青で雲ひとつなかった。

爽やかな風が三人の汗をなぶり、野鳥の群れが曲輪の石段の上で餌を啄《ついば》んでいた。

「御留山」の隅櫓の石垣の上に陣笠を被った久留島通嘉が独り佇んで小籐次一行を迎えた。

# 第四章　山か城か

一

小篠次一行の三人も隅櫓の石垣の上の久留島通嘉も無言で角牟礼城跡に佇んで悠久のときの流れを五体に感じていた。

国侍衆以来、古から幾多の武人たちが角牟礼城の、

「建城」

を夢見て普請を重ねてきたが、未だ完成を見たことがないことを小篠次は承知していた。そんなわけで近世、徳川幕府の触れに従い、

「御留山」

として久留島家が管理してきたゆえ朽ち果てた、

「荒城」

と小籐次は思っていた。

だが、角埋山の本丸と呼ばれる台地は見事に整えられていた。台地上の曲輪に代々の武人が築いた建物の礎石が見えて、ひと際高い四隅の櫓の石垣も石段も手入れが行き届いていた。

小籐次は、通嘉が莫大な費えを投入し、森藩の家臣や百姓衆に手入れを為させたかと考えた。

これは角埋山に魅せられて熱望してきた武人たちが思い描いてきた、「玖珠郡一の城」の基ではないか。

角埋山の城址は、「御留山」として森藩が管理を任されているのだ。一木一草、取ってはいけない藩の御山だった。

ところが小籐次の眼前に広がる、かつて本丸があった角埋山の頂の平地は、二百年以上の歳月が経過しているにも拘わらず整然としていた。これは公儀に逆らう行為ではないか。

一方、久留島通嘉は、長年夢見てきた本丸が眼前にくっきりと広がっているのを満足げに見ていた。国侍十二人衆を始め、数多の武人がこの角埋山に建つ豊後「玖珠城」を夢見て普請に挑み、そのたびに他国の兵力によって廃城に追い込まれることを繰り返す、

「悲劇」

を通嘉は承知していた。

通嘉は、すでに角埋山の南面、森陣屋の背後から角埋山へとつながる道の普請を半ば終えていた。また村上水軍の崇める大山祇神社の守護神を分霊して三島宮を安置した壮大にして複雑な石垣を完成させていた。

森陣屋の背後に穴太積みした石垣上に陣屋を移し、難攻不落の角牟礼城址に本丸を設けたとき、豊後でも類を見ない豪壮広大な城が完成する。それが通嘉が長年夢見てきた「玖珠城」であり、これで森藩久留島家は城なし大名ではなくなるのだ。

「赤目小籐次」

と通嘉が曲輪の一角に佇む小籐次を呼んだ。

「隅櫓に参れと申されますか」

小籐次の問いに通嘉が頷いた。

「駿太郎、そのほうはここに残れ」

「石垣に囲まれた曲輪に入ってようございますか」

「それはよかろう」

と応じた小籐次が隅櫓に向かって曲輪の石段を上がっていった。

駿太郎は、父のあとに続いて角牟礼城址の曲輪へ入った。

南北に長い曲輪を隅櫓に向かって父が歩いていくのが見えた。そして、隅櫓の石垣に上がった小籐次が通嘉に一礼した。

駿太郎は、父の赤目小籐次が森藩八代目藩主久留島通嘉に陣屋に呼ばれた曰くが話し合われるのだと思った。すでに整備された「御留山」に新たな城普請を為すには大きな難儀があることを、小籐次の話で察していた。

通嘉がどのような決断を秘めているのか、その決断を小籐次が納得できるか、駿太郎には予測もつかなかった。

不意に人の気配がした。

「ご苦労様でした」

との声の主は近習頭池端恭之助だった。その傍らには赤目親子の道案内を勤めてくれた与野吉が従っていた。

池端が石段を上がってきて駿太郎の傍らに立った。そして、隅櫓のふたりを見た。

「殿様は、わが父になにを求めておいででしょう」

「さあて、どのようなことでございましょう。未だそれがしには推測しかできませぬ」

通嘉の信頼厚い近習頭が返事をした。むろん通嘉が築城する夢を捨てきれないでいるのをふたりとも知っていた。

「駿太郎さん、この角牟礼城址をどう思われますか」

と池端が問うた。

「それがしが想像していた城址は、道々父が話してくれたこともあり荒れ果てた場所でした。それがかような、曲輪が整えられ礎石が残された城跡とは努々《ゆめゆめ》考えもしませんでした」

ふたりの間に沈黙のときがしばし続いた。

公儀は「御留山」の角牟礼城址に新たに本丸を築くことを到底許さない。そのこともふたりは承知していた。池端が、

「それがし、何年も前の参勤交代の折、この国許の森陣屋に数日だけ逗留しまし

た。その折、この角埋山の頂に上ったことがございます」

と言い出した。

駿太郎が池端を見た。

「昔を思い出して最前から本丸を独りそぞろ歩いておりました。ゆえに山道を話しながら上がってこられる駿太郎さんら三人の姿を遠目に見ておりました」

「そうか、池端さんがわれらのことを見ていたんだ。なかなかの山道でしたよ」

駿太郎が応じた。

風が曲輪を吹き抜けていった。

山道を上がってきた折に搔いた汗は消えていた。

「それがしが覚えていた本丸と呼ばれる頂は、大きな樹木に覆われ、とても城跡などと呼べるものではありませんでした。なぜかような荒れ地の頂に、殿が拘っておられるのか理解がつきませんでした。それが何年かぶりに殿のお供で角埋山の頂、いえ、本丸に上がって殿がこの角埋山に拘わられる曰くが分かったような気がしました。殿は荒れ地の廃城に玖珠一の城を思い描いてかように整えられたのです。賦役の労力、また莫大な費えを江戸藩邸の家臣の暮らしからは想像もできません。だれが殿の『道楽の費え』を出したのか」

「森藩に城を造る殿様の宿願を、森藩家臣方はどう思うておられましょうか」

「国許を支配する国家老とその一派が殿の宿願を利用して長崎での交易や抜け荷をなし、藩の内証とは関わりなき利欲に奔っているのは、もはや駿太郎さんに説明の要はありませんね」

「三島丸であれこれと聞かされましたからね。殿様の道楽の建城は、宿願で終わると思っておりました」

駿太郎の言葉に池端は答えなかった。

「池端恭之助さんも殿の宿願が叶えばよいと考えておられますか」

駿太郎がさらに質した。

池端はしばし沈黙で応じた。

ふたりともにこの本丸のあちらこちらに隅櫓の通嘉と小籐次の内談に関心を寄せている複数の者たちが居ることを察していた。

「この本丸に立ったとき、武人のだれしもが完成できなかった角牟礼城をわが殿ならば完成させ得るのではないかと、それがしも思わないではありませんでした。しかし、この『御留山』に手を入れた殿の行いを公儀が容易く許すはずもないことも重々承知です」

と言い切った池端が、

「駿太郎さん、この角埋山には不思議な魅力があると思いませんか」

と言い添えた。

「池端さんの申されること、駿太郎にも分かります」

「赤目様はどうでございましょう」

池端が話を進めた。

「山道を上る道すがら、父は下屋敷で内職をしながら、祖父と用人の高堂様がこの角埋山について繰り返し語り合っていた問答を思い出して、それがしと与野吉さんに話してくれました。森藩下屋敷の用人も祖父もしばしば話題にしていたそうです。森藩の定府の家臣にとってこの角埋山と山城は格別な存在なのでしょうね」

「駿太郎さんは祖父御ほど感じられませんか」

「それがし、赤目一族の血は一滴も流れていません」

と答えた駿太郎は、

「池端さんは、角牟礼城址の魅力に取りつかれましたか」

「かもしれません」

池端が複雑な気持を吐露して隅櫓のふたりを見た。

（参勤下番の道中と森陣屋滞在を通して池端恭之助さんは逞しくなられた）

と駿太郎は生意気にも池端のそんな言動に、感じていた。

「分かりました。父は父、それがしはそれがし、殿の宿願がどのようなものか今日一日、あれこれと見せてもらいます」

駿太郎が話を締めくくったとき、隅櫓の石垣に腰を下ろした通嘉が池端恭之助を手招きした。

「はっ、ただ今」

と応じた池端が与野吉とともに隅櫓に小走りに向かった。

曲輪を挟んで北側に独り残った駿太郎は、背に負った備前古一文字則宗の紐を解いて腰に差し替えると瞑想した。

どれほど時が流れたか。

（赤目駿太郎、この角埋山が持つ恐ろしさを知らぬな）

と脳裏にどこからともなく声が響いた。

（存じませぬ）

（この山には無念の想いを抱いた武人たちが眠っておるわ、それを承知か）

（あれこれと聞かされましたで推量はつきます）

（久留島通嘉の宿願は、無念の想いの者たちを供養することから始まらねばならぬ）

しばし間を置いて、

（相分かりました）

と答えた駿太郎だが、彼岸からの声は現世の公儀の力を全く考えていないと思った。

両眼を開くと駿太郎は、

「角牟礼城址に眠る先人方よ、赤目駿太郎の来島水軍流正剣序の舞をとくとご覧あれ」

と告げて則宗を鞘から抜き放った。

角牟礼城址、本丸に吹く風に合わせて駿太郎は、いつも以上に穏やかにゆるゆるとした刀遣いで演じた。

角埋山の頂の平地に眠る霊が目覚めたか、駿太郎の刀の動きを見ているのを感じた。

「続きまして、刹那の剣一ノ太刀、奉献」

と宣すると、伊予の狂う潮が駿太郎に授けた刹那の剣を演じた。

嘉が洩らした。

「予はみたこともなき技じゃのう」

と小籐次と向かい合うように隅櫓の石垣に腰を下ろし、盃を手にした久留島通嘉が洩らした。

「来島の狂う潮に揺れる御座船が駿太郎に授けた刹那の剣一ノ太刀にございます」

「ほう、駿太郎が編み出した剣技は伊予の狂う潮が授けおったか。道理で一文字則宗の動きが伊予の灘を彷彿とさせおるわ」

と言いながら通嘉が盃の酒を口にした。

それを見た小籐次も、

「相伴仕る」

と断わり、与野吉が竹籠に入れて運んできた豊後の酒を飲んだ。

「赤目、最前の予の問いに答えておらぬな」

「おお、豊後国玖珠郡一の城を築城するがよきことかどうかという問いでしたかな」

「いかにもさよう」

「豊後の森藩、酒よし、米よし、山またよしにございますな」

「だが城はない」

と通嘉が言った。

小籐次は手にしていた盃の酒を口に含み、

「すでに殿は豊後一の城をお持ちではありませぬか」

「角埋山は城ではないぞ。この地に」

「殿は、『御留山』の角埋山の頂に新たに本丸を築くと申されますかな」

「いかにもさよう」

「その折、公儀は殿の行いを見逃すはずもございますまい。すでに殿は『御留山』に手をつけておられます。大目付がこのことを察した折、森藩にきついお咎めがありましょう」

小籐次の言葉に通嘉がしばし目の前の本丸を見渡し、

「赤目小籐次、予がそなたら父子を森に招いたはそこよ。徳川家斉様の寵愛厚きそなたら父子の役目よ」

と言い放った。

しばし通嘉の言葉を吟味した小籐次は、

「われら父子に上様を口説き落とせと申されますか」

「天下の酔いどれ小籐次ならばその程度の芸、できぬはずはあるまい」

残った盃の酒をくいと呑みほした小籐次が、

「この角埋山の戦場には、古より国侍衆を始め、数多の武人たちが眠っておられましょう。この方々の霊を前に本丸を築くゆえ許せと申されますかな。また徳川家斉様には、この爺に免じて森藩の行い、お見逃しあれと口説けと申されますかな」

「いかぬか」

「玩具を欲しがる幼子ではなし、城が欲しいと望みてかような普請を続けて本丸を築いたとて、まずはこの山に眠る武人方がお許しになりますまい。また公儀も黙ってはおりますまい。なにより赤目小籐次にさような力はございませぬ」

と小籐次が言った。

「そうかのう、予に忠勤を尽くすそなたならばできぬことはないと思うたがのう」

瞑目した小籐次は沈思した。

長い沈黙だった。

「上様に取り入れなど豊後外様大名が口にするべき言葉にあらず、赤目小籐次が忠義を尽くす殿の思案とは言えますまい」

と言い切った。

小籐次が、両眼を見開くと、通嘉の盃を持つ手が震えていた。

「考え違いをなさらんで下されよ。殿はすでにこの数多の武人の霊が何百年にもわたって守ってきた角牟礼城址をお持ちなのです。ようござるか、殿がこれまで陣屋の背後に穴太積みで築いた石垣を公儀は見逃しても、この『御留山』に本丸を築いた時点で、一万二千五百石の森藩はお取潰し、藩主久留島通嘉様には切腹の沙汰が下されましょう」

「赤目小籐次、ゆえに上様に角埋山は木材を管理するだけの『御留山』に変わりございませぬ、この眼で確かめましたと、そなたに口添えしてくれと申しておるのだ。それが分からぬか」

と通嘉が激した声で言い放った。

「殿、分かりませぬ」

と応じた小籐次は再び沈黙していたが、

「豊後森藩久留島家に内紛ありしこと、すでに公儀の大目付衆は承知しておりましょう」

「なんとさようなことが」

「お考えになりませぬでしたか」

「そのほうが告げたか」

「愚かなことを申されますな。念のため、殿に申し上げておきましょう。赤目小籐次、老中筆頭青山忠裕様と昵懇《じっこん》の付き合いをさせてもろうております。されど、赤目小籐次、青山老中に理不尽な願いをしたことなし、また青山様もわしにさようなことを命じたことはなし、お互い正邪の分別を弁《わきま》えて、大名家や旗本諸家が存続するよう微力ながら手伝いをして参りました。殿と摂津大坂でお会いする前、三河の譜代大名と大身旗本の二家にこの赤目小籐次が関わる真似をしましたと申し上げましたな。さる譜代大名の存続は許されましたが、大身旗本のほうはお家取潰しが下されました。公儀が二家の所業をとくと調べてのことです。赤目小籐次、そのような助勢しかできませぬ」

　小籐次の言葉に通嘉は引き攣《つ》った真っ青な顔で無言を貫いていた。

「殿、そなた様がいま手を下さねばならぬのは、国家老の職域を超えた力を失くし、藩内をひとつにまとめることでございましょう。違いますかな」

小籐次の問いに通嘉は無言で胸中の怒りを必死で抑えていた。赤目小籐次ならば、必ずや呑んでくれるはずと思った願いが拒まれていた。

「われら父子、殿のお手伝いをと豊後国森陣屋までやってきましたがな。お互い頭を冷やす要があろうかと存じます」

無言裡に通嘉が小籐次を凝視した。

「殿、われら、数日森城下の旅籠《はたご》にでも逗留致しまする。なんら殿から沙汰なきとき、われら、森城下を出立して江戸に戻ります」

と言い残した小籐次が深々と頭を下げて隅櫓の石段を下りた。

すると石段の下に近習頭の池端恭之助がこちらも真っ青な顔で立ち竦んでいた。隅櫓の話し合いが決裂したことを、どう捉えるべきか考えてのことだろう。

「話は聞こえたか」

「は、はい」

「殿は元来賢いお方だ。考えを改めて頂けると思う。われら父子、陣屋から引き揚げていいせ屋正八方の口利きの旅籠か寺に泊って数日過ごす。その間、殿を頼むぞ」

「赤目様の申されること至極当然とそれが[illegible]存知しております。ですが、国家老一派にとって、赤目様父子が陣屋の外に出る、そして、城下を去ることは好都合でございましょう」

無言のまま小籐次は、角牟礼城址の本丸曲輪をゆっくりと歩いて駿太郎のところへと戻った。

二

小籐次と駿太郎は、与野吉の案内で曲輪の南側土塁が切れた虎口《こぐち》の石段を下り、二の丸に向かって下っていた。

父子は口を開かなかった。そして、思いだしていた。

文禄三年（一五九四）に日田・玖珠に入った毛利高政は、数年の歳月と労力を費やして角埋山に織田・豊臣氏の築城術を取り入れて、二の丸、三の丸を中心に穴太積みの高石垣を造り上げ、近世の城郭に改修した。

だが、毛利高政が豊後国佐伯藩に転封になり、来島一族が森藩に入封した時点で、角埋山は城の役割を放棄させられた。

小籐次は、いったん消えたはずの角牟礼城の石垣を眼前に見てきた。自然の石を巧みに組み合わせて石垣を造り上げてきたのが、石垣職人集団の、

「穴太衆」

であった。

かれらが築城に関わったひとつが織田信長の居城、安土城であった。

玖珠郡にこの近世城郭造りの技が伝わったのは、秀吉の朝鮮出兵・文禄の役の後といわれる。秀吉の配下の毛利高政が、小籐次が眼にする穴太積みの高石垣を造らせたのだ。

「父上、山道で話された毛利高政様の築城の礎石が見られるとは思いもしませんでした」

と駿太郎が考えを述べた。

「わしも同じ想いをしておる。本丸曲輪といい、この二の丸の礎石といい、二百年もの歳月と『御留山』の触れにより消えたと思うておったが、通嘉様は、かように整えておられる。われら、最前から見てはならぬものを見ているのか」

と小籐次が自問した。

二の丸の下には、角牟礼城址で最大の空[illegible]が見られた。

外枡形の虎口の大手門口は、間口五・二間（九・四メートル）、奥行き二・四間（四・四メートル）、石垣の高さ四・一間（七・五メートル）、長さは五十五・五間（百メートル）もあった。

「これはこれは」

と小籐次が呟き、立ち止まった。

駿太郎も与野吉も呟きの意味を察していた。

小籐次は、八代藩主久留島通嘉の道楽がすでに危険な域に達しつつあることに言葉を失くしていた。

しばし角牟礼城址最大の石垣を見ていたが、小籐次が与野吉に頷きかけ、与野吉が道案内を再開した。

大手門下には馬の脚の洗い場も見られた。さらには山の斜面に掘った竪堀も造られていた。角埋山の本丸を落とそうと登ってくる敵兵を迎え撃つためのものだ。籠城戦に備えての水場も設けられていた。

小籐次ら三人は、角牟礼城址最大の三の丸曲輪でふたたび足を止めた。

大きな岩を取り込んだ最大の防御施設だった。南と西斜面には竪堀も普請されていた。

そこに見知らぬ武家が独り佇んでいた。

駿太郎も与野吉も森藩家臣ではないと悟っていた。小籐次は、

(もしやして公儀の役人ではないか)

と推量した。男が、

「赤目小籐次様、見事な穴太積みにございますな」

と話しかけてきた。

「いやはや、これほどとは努々想像もしなかった」

と小籐次も正直な気持で応じていた。

「そのことです。『御留山』であるべき角牟礼城址、毛利高政様の事跡が甦っておりませぬか」

との言葉を聞いたとき、小籐次はやはり公儀の士と認識した。

「ちとそぞろ歩きしませぬか、赤目様」

「厄介が生じるそぞろ歩きかのう」

と言いながら名前も知らぬ相手と小籐次は、三の丸の曲輪を遊歩し始めた。

むろん駿太郎と与野吉はその場に留まった。

「それがし、本丸の隅櫓のお二方の問答、風を頼りに聞かせてもらいました。厄

介が生じるかどうかは久留島通嘉様次第。いえ、赤目小籐次様のご決断しだいかと」

「爺のわしにさような力が、いや知恵があるとは思えぬ」

「ございませぬかな。『御鑓拝借』大騒動で外様小名森藩を世に知らしめた赤目様ですぞ。この期に及んで森藩久留島家を潰し、通嘉様が切腹となれば、赤目様、死んでも死にきれますまい。違いますか」

「そなた、年寄りに死に方まで問われるか」

「さよう」

「初めて旧藩の陣屋を見せられて愉快なこともないではなかった。だが、角牟礼城に宿願を抱く御仁を説得する術はないわ、話を聞かれたというですでに承知であろう。力業を使うには赤目小籐次、歳を食い過ぎた」

「いかにもお歳を召されましたな。その代わり、嫡子の駿太郎様が傍らに控えておられましょう。いやはや、本丸曲輪での武芸披露、公方様が下賜された備前古一文字則宗を使いこなす若武者が十四歳とは、信じられませぬ」

　と相手が言った。

「そなた、日田天領の代官支配下かな」

「いえ、それがし、偶《たま》さか肥前長崎に大目付岩瀬伊予守氏記の別命にて逗留しておりました。その用事が終わった折、帰路、赤目様とお会いしろとの主の火急な命にて森藩所領に入りましてございます。数日前のことです」

「お手前の姓名身分を聞いてよいか」

「岩瀬家家臣石動源八《いするぎげんぱち》にござる。いわば、老中青山忠裕様のご家来、中田新八どのやおしんどのと似たような役目を負わされておりまする」

石動が幕臣ではなく陪臣であること、そして密偵であることを老中青山の密偵になぞらえて告げた。

「この地にて親しき友の名を聞くものよ。ともあれ、一介の研ぎ屋爺じゃぞ。そなたの申すことがよう分からぬわ」

しばし沈思していた石動が笑みを浮かべた顔で、

「どうやらそれがし、ひと間違いをしでかした様子ですな。角埋山は十分に堪能しましたで、森城下にしばし足を休めて江戸に戻りましょうか」

と応じた。

その言葉は用件が済んだと言っているのかどうか判断が付かなかった。角牟礼城址の隅櫓での通嘉と小籐次の問答の結果を確かめるために森城下に残ると言外にほのめかしているのか。

「石動どの、そなたに言うておこう。国家老嶋内主石に庶子がござってな、その谷中弥之助、弥三郎兄弟が森城下に入って、国家老のために動くと思われる。この兄弟、三島村上流の遣い手とか、注意なされよ」

「ほう、赤目様と流儀の出自はいっしょですか。承りました」

と笑みの顔のまま一礼した石動源八は三の丸曲輪から、そよりと風に溶け込むように姿を消した。

駿太郎と与野吉が小籐次を見つめていた。

小籐次はふたりのもとに歩きながら、

（どうしたものか）

と思案した。


城下に戻った小籐次と駿太郎親子は、鉄砲町のいせ屋正八方を訪ねることにした。

一方、与野吉は森陣屋の宿所に行き、赤目父子が町屋の旅籠か寺に引き移るので、わずかばかりの荷を運び出すと用人に告げた。

「陣屋の宿所に不備がございったかな」

「いえ、赤目様方はこちらにご不満があるのではなく、町屋のほうが気楽と申されておりました。もし書状などこちらに届いた場合は、米問屋にしてなんでも屋のいせ屋正八方にお知らせくだされ。私が直ぐに受け取りに参りますでな」

と願い、荷をまとめると宿所をあとにした。

その四半刻後には、赤目小籐次・駿太郎父子が森陣屋を出たとの報せは、陣屋内に広まっていた。

小籐次と駿太郎は、いせ屋正八方の隠居六兵衛の口利きで久留島家の墓所のある、曹洞宗大通山安楽寺の離れ屋に逗留することになった。

この安楽寺の前身は伊予の安楽山大通寺である。大通寺は、禅宗の武将河野一族の初代河野通有と関わりが深かった。河野氏は筑前大宰府の大応国師との交友があるほど古い一族であった。

ともあれ伊予から豊後に移った大通寺は、大通山安楽寺と改名し、伊予の大通寺は、安楽山大通寺として残った。

慶長六年（一六〇一）のことだ。

この大通山安楽寺の離れ屋に落ち着いた赤目父子を寺の黙外和尚が早速訪ねてきた。

年齢は小籐次よりもいくつか上と思われた。

「和尚どの、突然離れ屋にお邪魔することになった赤目小籐次と倅の駿太郎にござる。ほんの数日お世話になる。よしなにお願い奉る」

と小籐次は懐紙に包んだ金子を、

「仏様に」

と願って渡した。

「さような心遣いは無用じゃがな、この大通山安楽寺、貧乏寺でござってな、有難く頂戴致す」

と快く受け取ってくれた。

「愚僧、赤目様父子のことはあれこれと存じておる」

黙外が思いがけないことを言い出した。

「それがし、和尚とお会いした覚えはございませんが」

と首を傾げる駿太郎に、

「愚僧も初めて会っておる。じゃが、あれこれと承知と申すのは、いせ屋正八方の兄弟正太郎らが読み書きを習いに愚僧のもとへ通ってくるでな、赤目小籐次様や駿太郎どののことを話してくれたのよ」

と告げた。

「さようでしたか、正太郎さん兄弟が和尚にわれら父子のことを話しましたか。正太郎さんには森城下のことをあれこれと教えてもらっています」

「研ぎ師の十一丈滝の求作親方のもとへも父子して訪ねたそうじゃな」

「おお、和尚、そのことも承知か。わしの次直が刃こぼれしたゆえに研ぎを頼みに行ったのだ。求作親方、次直を何百年も前に鍛造された当時と同じく、穢れを研ぎ去って新刀同然に手入れしてくれたわ。和尚、親方と付き合いがござるか」

「あの者とこの森城下で付き合いがあるのは、刀鍛冶の國寿師とうちくらいかのう。とは申せ、最後に寺に姿を見せたのは何年も前」

と黙外が言い、

「赤目様、そなた父子は殿様の招きで森陣屋に参られたと聞いたが、厄介ごとが関わってのことかな」

と話柄を変えた。

小籐次も、安楽寺が久留島家の菩提寺である以上、この話を避けては通れぬことを承知していたゆえ、森陣屋に到着して以来の出来事を語った。そして、最後に角牟礼城址での久留島通嘉との問答にも触れた。

駿太郎も初めて父の口から聞かされることになった。

小籐次の話が終わっても黙外は長いこと沈黙していた。

「殿は赤目小籐次様にさような頼みをなされたか」

小籐次の話に得心した表情で応じた黙外和尚は、

「赤目様、もはや江戸の大目付どのも森陣屋で起こっていることを摑んでおられるか」

と念押しした。

「つい最前、角牟礼城三の丸にて一人の武家がわしを待ち受けておってな、大目付岩瀬伊予守氏記様の家臣石動源八どのと名乗られた。わしは大目付の岩瀬様を知らず、その家臣の石動どのとも初めての対面にござった」

「赤目様が大目付どののご家来をこの森城下に呼んだわけではないと申されますか」

「いかにもさよう」

と応じた小籐次は、

「ただしわれら父子が森藩の参勤下番に従い、旧藩の森陣屋を訪ねることは、われら父子と付き合いのある老中青山様には告げてあるで、家斉様も黙認しておられる」

黙外師はしばし間を置いた。

「殿様の軽率なる判断をすでに公儀は知られましたか」

と重い口調で呟いた。

「御坊、角埋山のただ今を承知か」

と小籐次が反問した。

「最後に角埋山に登ったのは何十年前でしょうかな。とは申せ、当寺は久留島家の菩提寺にござれば、通嘉様とは一年に幾たびかお会いしますでな、殿の周りより『御留山』の手入れは聞かされており申す」

「御坊、この地に来て、角埋山が『御留山』だとわしはさる者から聞かされた。『御留山』の角埋山に森藩が城を築くことを公儀は黙認しておるということかのう」

小籐次の念押しに黙外和尚は、うーんと唸って、

「愚僧の知る角埋山の頂は樹木が生い茂っておった。『御留山』の触れより二百

年ほど経っておったで、当然の景色にござろう」

「最前見てきた角埋山は毛利高政公が築城された当時の本丸曲輪と思しき景色にござった」

「その景色を大目付の家臣は見ていかれたのだな」

と黙外が質し、小籐次は頷いた。

「殿はなんとも危ない橋を渡ってしまわれたわ」

「危ない橋を渡ったのは殿一人ではありますまい。森陣屋を臆面もなく支配される国家老嶋内主石様もいっしょでござろう」

「御坊、殿が『御留山』の手入れを為すのを国家老は黙認されたといわれるか」

「黙認というより殿の道楽の莫大な費えは、国家老の働きによって得られたものでござろう。ご両人は、敵対する間柄でもあり、お互いの行いを認め合う主従でもありましょう」

「そうか、『御留山』を角牟礼城に戻す一件、両者の思惑が一致しておるのか」

「愚僧はそう見ております」

と黙外が言い切った。

「御坊、殿が角牟礼城へのこだわり、捨てることはないと思われますか」

「捨てられますまいな」

「わしは殿の頼みを断わりました。一方、大目付岩瀬様支配下の石動源八どのは、森陣屋の動きを確かめておられる。石動どのが江戸に戻り、公儀が森藩の行状を石動どのから聞いたとしたら、わしの力などなんの役にも立ちますまい」

「森藩はお取潰しに、殿は切腹を命じられますか」

「いかにもさよう」

と小籐次が黙外和尚に応じた。

「赤目様、大目付支配下の石動源八様は、おひとりですかな」

と小籐次に質した。

「いかにも一人で森藩に入ってこられたとわしは受け止めましたがな」

と答えた小籐次は、

「国家老一派が大目付支配下の石動どのを闇討ちすると申されるか。念のためにわしは石動どのに国家老の庶子兄弟の存在は伝えてある」

小籐次の思い付きの言葉に久留島家の菩提寺の黙外和尚が、こくりと頷いた。

そのとき、沈黙したまま話を聞いていた駿太郎が傍らの備前古一文字則宗を手に立ち上がり、外に出て山門に向かった。

安楽寺の山門に立ったとき、森藩陣屋から赤目父子のわずかな荷を運んできた与野吉が、

「どうしました、駿太郎さん」

と険しい顔付きを見て言った。

「三の丸曲輪で父を待ち受けていた武家がおりましたね。石動源八と申されるお方ですが城下のどこぞに潜んでおられましょう。与野吉さん、その見当は付きませぬか」

「あのお方、何者です」

「公儀大目付支配下のお方です」

「えっ、公儀大目付の密偵ですか」

駿太郎は頷いた。

父の口から老中青山忠裕の密偵の中田新八やおしんと同じ陰御用を務めていると聞かされていたので与野吉にそう答えた。

「国家老一派が石動様の闇討ちをしかけると思われますか」

「父と安楽寺の和尚の話から、もしやしてという懸念が生じました」

「石動様はこの城下に隠れ家を構えておられますか」

と与野吉が駿太郎に質した。

「あるいは、父と別れたあと一気に玖珠街道を急ぐとしたら、すでに八丁越に差し掛かっておりましょう」

「駿太郎さん、そうなると石動様を摑まえることは難しゅうございますね。私は国家老一派の動きがどうか、調べてみます。いせ屋正八方で後ほど落ち合いませんか」

与野吉が赤目父子の荷を渡すと山門下の石段を走り下っていった。

駿太郎が安楽寺の離れ屋に荷を運び込もうとすると、そこに父が独りいた。

「どうしたな」

「ただ今、与野吉さんが国家老一派の動きを確かめています。なんとしても石動様を襲うような馬鹿な真似はさせたくありません」

「いかにもさよう。わしも参ろうか」

「父上と石動様の両人がふたたび会うのはどうでしょう、国家老派が勘繰るのではありませぬか。与野吉さんの探索次第で父上の手を借りねばならぬときは、お知らせに上がります」

と言い残すと父に荷を渡して山門へと引き返した。

いせ屋正八方には馴染みの隠居衆三人がいた。

「どうしたな、安楽寺は逗留を許してくれたか、駿太郎さんよ」

と六兵衛が質した。

「はい、和尚様は快く離れ屋を貸してくださいました」

「なんぞ厄介ごとが起こったか、そんな顔付きじゃな」

はい、と駿太郎が迷った末に、

「一人のお武家様を探しております。今朝がた、角牟礼城趾の三の丸曲輪で父を待っておられたお方です」

その風貌と形を告げた。

「おお、そのご仁ならば、おまえ様方親子と入れ違いにうちを訪れて、草鞋や松明や食い物などを買っていかれたぞ。夜旅でもなさいますかと訊ねると、そんなところだと答えられたな。まずは今宵城下のどこかで過ごされる気だな」

となんでも屋の隠居六兵衛が答えたものだ。そして、

「駿太郎さんや、お侍の隠れ家、探してみようか」

と言った。

「いえ、ご無事だとしたら隠れ家を探す要はありません」

駿太郎が六兵衛の申し出を断った。

三

その夜、駿太郎と与野吉はとくと承知の八丁越にいた。

森陣屋からわずか一里しか離れていない地だ。

国家老の庶子、谷中弥之助と弥三郎の兄弟と国家老一派の案内役四人は、夜半九つ（午前零時）に森陣屋を出立して八丁越の手前にある一軒の百姓家に入り込んでいた。

すでに三の丸曲輪で赤目小籐次が公儀の密偵と思しき武家と会ったことを国家老一派も摑んでいた。

谷中兄弟の弟の弥三郎が、

「案内人なればひとりでよい」

と言い張ったのに嶋内主石は、

「そなたらの生まれ育った天領別府とは違う。玖珠の山は深くて夜は暗い。四人の案内人と松明持ちはいる」

と強引に決めたのだ。

百姓家で夜露を凌ぐ谷中兄弟一統からさらに進んで八丁坂の中ほど、岩場で時を過ごすことにした駿太郎と与野吉は、いせ屋正八のおかるが拵えた握りめしを二つほど食い、与野吉が竹籠に持参した綿入れを被って時を過ごすことにした。

この竹籠はもはや駿太郎にはお馴染みのものだ。だが、こたびほどいろいろな道具や食料や、夜具まで入っているのは初めてだ。土鍋や油をたっぷりと含んだ松明の小割まであった。

一家の男たちの山歩きの際に食い物や道具を竹籠に入れるおかるには、妙な勘が働いた。天候の急変などで日帰り予定の山菜取りが二晩泊りになることもあった。そのようなときは食い物も二日分仕度してあるのだ。

夜空に星が煌《きら》めいていた。

「駿太郎さん、谷中兄弟と大目付の配下の石動源八さんはどちらが剣術の腕前は上ですかね。やはり兄弟のほうが強いかな」

「それがし、石動様が父と話す様子を遠目に見ただけです。挙動から見て、それなりの遣い手でしょう。一方、谷中兄弟にいたっては全く姿すら見ていません。両者が戦ってどうなるかなど言い切れませんよ」

「駿太郎さんは当然、石動様に味方して戦いますよね」

「与野吉さん、剣術家はそれぞれ矜持をお持ちです、助勢の要があるかどうか、まず両者の挙動を拝見します。石動様が剣術家として高い識見と技量をお持ちと見極めた場合、それがしはただ戦いを見守るだけです」

「谷中兄弟には案内人と称する四人が従っておりますぞ。この四人が飛び道具などを密かに携えてきておるとしたら、どうしますか」

「国家老一派とて同じ間違いは二度としますまい。谷中兄弟の判断にこたびは任すのではありませんか」

「そうかな」

与野吉が首を捻り、竹筒に入れた水を駿太郎に差し出した。

「頂戴します」

と竹筒を口から離して水を飲んだ駿太郎は与野吉に返した。

「われらも少し体を休めませんか」

と綿入れをかけて岩に背を凭れ掛けさせて両眼を瞑った。

「駿太郎さん、ただ今の望みとはなんですか」

眠り、と答えようと思ったが、

「この戦いを最後に森藩の行く末が決まることです」

と答えて、無益な言葉を言い添えた。

「谷中兄弟が石動様を制した場合、森藩の国家老一派の専横は続き、殿様の城普請は進みましょう。一方、石動様が生き残られて江戸へ戻られた場合、森藩のお取潰しが早晩決まるのではありませんか」

駿太郎が応じて仮眠に就いた。

遠くから聞こえた動物の吠え声で駿太郎は目を覚ました。するとその気配を察した与野吉も起きた。

刻限は七つ（午前四時）過ぎか。

まもなく夜が明けようとしていた。

駿太郎は、

（こたびの戦いはこの八丁越ではないのか）

山道に緊張がないことを訝しく思った。

「駿太郎さん、両者に動きはありませんね」

と与野吉が言い、

「石動源八様は、八丁越ではのうて、別の山道を通って頭成に向かう心算かな。

土地の方々もよく知らないような海に向かう山道が玖珠街道の他にありますか」

と駿太郎が尋ねた。

「むろんあります。杣道が玖珠街道に絡み合うように通っています」

駿太郎はしばしば己の勘が正しいかどうか再考した。

「石動様は、玖珠郡を初めて訪れたお方ですよね。旅慣れたお方とはいえ、この界隈の里人も知らぬ杣道を通って国家老一派の追跡を躱《かわ》すとは思えないな」

「駿太郎さんも森と頭成の間を結ぶ道は、玖珠街道しか知りませんよね」

「杣道は知りません」

「となると石動様もまたこの八丁越を通らざるをえませんよ。それに国家老一派が近くの百姓家に拠点を設けているのも、石動様がこの道を選ぶと確信があってのことではありませんか」

与野吉が言い切った。

「それがしもそう思います。じきに夜が明けます。石動様も谷中兄弟もこの八丁越をどう抜けるか、お互い様子を見ているのでしょう。まず日中、両者がぶつかり合うことはありますまい。玖珠街道での騒ぎは極力避けましょう」

「八丁越で岩場に潜んで夜を過ごしたのはわれらふたりだけでしたか。この界隈が初めての石動様はどこにおられるか」

と岩場に立ち上がって八丁越の坂道を見廻した与野吉が、

「ああ、森陣屋のほうから来る旅人の姿が見えましたよ」

と言った。

「よし、まずは腹拵えだ」

与野吉が竹籠の中から松明の小割を取り出し、腰に携えている小刀でさらに細く裂くと井桁に置き、火打ち石で手際よく火をつけた。

与野吉は、江戸藩邸定府の池端家の中間だが、山での暮らし方を主よりも赤目父子よりも承知していた。

火が安定すると五徳の上に水を入れた鉄瓶を載せた。使い込まれた鉄瓶がいせ屋正八方の山との付き合いを窺わせた。

湯を沸かした与野吉は、

「今朝は湯と握りめしで我慢してください」

「山のなかでお湯が飲めるだけでも贅沢です」

とふたりは白湯《さゆ》を竹の湯飲みに入れて冷たい握りめしを食した。

「駿太郎さん、国家老の倅兄弟がひと晩をどう過ごしたか、百姓家の様子を見てきます」

「石動様は、どこぞから谷中兄弟の動静を窺っているのではありませんか。兄弟が油断したおりにこの八丁越を抜けて頭成に急いで下る考えかもしれません。それがしは八丁越を見張っていましょう」

と言い合ったふたりは、別行動をとることにした。

身軽になった与野吉が八丁越の岩場から谷中兄弟がひと晩を過ごした百姓家に向かい、駿太郎は岩と岩の狭い間で、気配を消して木刀を揮った。

素振りを始めて一刻（二時間）が過ぎたころ、干し芋《いも》を手にした与野吉が戻ってきた。

「干し芋なんてどこで見つけました」

「国家老一派が拠点にしている百姓家は一丁ほど離れた高台に作業小屋を持っていましてね、作業小屋に干し芋がたくさん乾されていました。なにがしか銭を干し芋代においてきました。甘うございますよ、食べませんか」

と与野吉が渡した。

駿太郎は干し芋を口にしてにっこりと笑った。

「うまい」

「でしょう」

と応じた与野吉が、

「谷中兄弟に従う国家老一派の面々、石動様の動静を承知のようで悠々と百姓家で過ごしております」

「谷中兄弟は、なにをしています」

「百姓家の庭で剣術の稽古に励んでいます。なかなかの腕前ですね、あの兄弟は。石動様も容易に谷中兄弟と勝負するというわけにはいかんでしょう」

と与野吉が言い切った。

「お互いの油断を捉えて行動を起こそうとしておるのでしょうか」

「そんな感じです」

と言った与野吉が干し芋をひとつ食べ始めた。

駿太郎はすでに三つ食べて満足していた。

「われら、この岩場で何日も過ごすことになるかな」

と駿太郎が呟いた。

「ともかく百姓家の連中と石動様次第です」

と答えた与野吉が、

「今晩も山中の岩場で過ごすとなると寒さよけを考えねばなりませんね。作業小屋に蓑《みの》があったな。あれを借りてくるか」

と知恵を絞った。

「まさか八丁越で幾晩も過ごすことになるとは思いもしませんでした」

「江戸の暮らしでは考えられませんね」

と言った与野吉が、

「駿太郎さん、どうです、百姓家を訪ねて谷中兄弟に剣術の稽古を申し込んだら」

と唆《そその》かした。

「おお、それはよい考えです、退屈しのぎにはいいな。願うてみるか」

「冗談ですよ、冗談。われらはいまのところ両者の立会人ですからね」

と与野吉が真面目な顔で駿太郎を制した。

この日ふたりは、八丁越に時折姿を見せる森陣屋の家臣と思しき武士や里人を見ながら時を過ごすことになった。

昼下がりの八つ半（午後三時）と思しき刻限、

「駿太郎さん、作業小屋に行って蓑を借りてきます。明け方に震えながら眠るのはご免ですからね」

　と言った与野吉が岩場から姿を消した。

　二日目の日が山の端に没しようとしていた。

　そのとき、武芸者と思しきふたりが八丁越に姿を見せて、石畳の様子を点検し始めた。

「谷中弥之助と弥三郎兄弟」

　とふたりのがっちりとした五体と無駄のない挙動を見て判断した。剣術家の自信がふたりから漂っていた。与野吉のいうように、

（なかなかの腕前）

　と駿太郎も察した。

　石動が谷中兄弟ふたりを相手にするのは容易ではない。ともあれ兄弟には戦いが迫った緊張が感じられなかった。ということはやはり石動が動かない事実を兄弟は摑んでいるのではないかと思えた。

　ただ今の駿太郎にとって谷中兄弟は、立ち合うべき相手という感じがしなかった。

　谷中兄弟が姿を消してしばらくしたころ与野吉が冬場の山作業で使うと思える

蓑を抱えて戻ってきた。手には山道の途中で採ったと思しき山菜などあれこれがあった。

「与野吉さん、谷中兄弟が八丁越に姿を見せましたよ。ふたりの様子から八丁越を調べにきた感じで、石動様が動く気配がないことを承知か、緊迫は感じられませんでした」

「やっぱりな、百姓家の住人は畑に働きに出て、居候たちはえらくのんびりしていると思ったら、谷中兄弟は八丁越を探りにきていましたか」

と得心した与野吉が、

「おかるさんが土鍋や味噌まで入れてくれたので、夕餉は干飯《ほしいい》を雑炊にしませんか」

「それがしはなにをやればよかろうか」

「雑炊などひとりで拵えられますよ」

と与野吉が言ったので、

「ならばそれがしも八丁越を見てきましょう」

と木刀を手に岩場から石畳の坂へと駿太郎は向かった。その背を見送りながら与野吉は、

（駿太郎さん、なにをする気かな）

と思案した。

玖珠街道では頭成から森城下に上がってくる住人がちらほらと見受けられた。

駿太郎は石畳の路傍に坐して森城下に戻る者を待ち受けていた。

（いささか遅かったかな）

四半刻ほど待って諦めかけたとき、頭成に品物を仕入れにいったらしい夫婦連れが通りかかり、駿太郎を見て、ぎょっとした。

ふたりが負った竹籠から魚のにおいが漂ってきた。森城下の魚屋だろう。

「怪しい者ではありません。そなた方、森城下に戻られるのですか」

と駿太郎が声をかけた。

「へえ、そうですが」

と三十代半ばと思しき亭主が応じた。

「もしやして鉄砲町のいせ屋正八方をご存じではありませんか」

「むろんなんでも屋は承知です」

と訝しそうな顔をした。

「ならば隠居の六兵衛さんかおかるさんに言付《ことづ》けを願えませんか」

駿太郎が知り合いの名前を告げたせいで、夫婦の不安顔が和らぎ、

「おかるさんを知っておられると、お侍さんは」

と妻女が問うた。

「それがし、赤目駿太郎と申します。いせ屋正八さんに、『御用は考えた以上に日にちがかかりそうだ』とお伝え願えませんか」

「御用は考えた以上に日にちがかかりそうだ、と隠居の六兵衛さんかおかるさんに伝えればよいのかね」

はい、と応じた駿太郎が父から預かった金子から一朱を出して、

「失礼ですがこれは言伝のお礼です」

「お侍さん、いせ屋正八のところとは知らぬ仲ではなし、遣い賃なんといらんぞ」

と亭主が断わった。だが、駿太郎は、

「いえ、突然訝しい頼みをなして、快く受けて頂いたお礼です。それがしの言付け、いせ屋正八さん方を通して安楽寺に世話になっておりますわが父に伝えられます」

「えっ、親父様は安楽寺に世話になっておられると」

と妻女が驚きの言葉を口にした。

「はい。われら父子、森陣屋に世話になっていましたが陣屋は窮屈なので、いせ屋正八さんの口利きで安楽寺の離れ屋に引っ越しました」

との駿太郎の言葉を聞いた亭主が、

「もしやしてあんたさんは、酔いどれ小籐次さんの息子さんやないか」

と言い出した。

「はい、さようです」

「ならばいよいよ遣い賃など受け取れるもんか。お侍さん、ちゃんとなんでも屋の隠居に伝えるでな、安心しなされ」

と夫婦が受け取りを拒み、

「申し訳ありません。森城下に戻った折にお礼に参ります」

と言った駿太郎は、

「坂上まで送らせてください」

とさっさと石畳を坂上へと歩き出した。

夫婦の魚屋の亭主が駿太郎の傍らを歩き、妻女がうしろから従ってきた。

「駿太郎さんち、言われたな。背が高かな」

「はい、だれからもそういわれます。その代わり父は、それがしの爺様のように年寄りで小さいです」

「わしら、酔いどれ小籐次様が参勤交代の行列に加わって森に来ると聞いておったが、縁がなくて未だしらんかった」

と言い訳した。

「八丁越でなんばしとらすとやろか、駿太郎さんは」

と後ろから妻女が聞いた。

「ひと口ではなんとも説明できません。それがしともうひとりの仲間とで、ある人が八丁越を無事に通過するのを見守っているのです」

駿太郎は答えたが、最前から一行を見張る眼を感じていた。

「おお、お城の厄介ごとに巻き込まれたとな」

と魚屋の亭主が問うた。

「まあ、そんなところです」

「殿様に願われて森陣屋に来たとやろ」

「父は、殿様の頼みをとくと知らずして森陣屋に参ったのです」

「分かったと。そいで陣屋から安楽寺さんに引っ越したとやろ」

はい、と答えたとき、三人は八丁越の坂上に到着していた。

「城下が見えるところまで見送らせてください」

「わしら、玖珠街道はよう知っとると。気にせんでいい」

と遠慮する夫婦を森藩の城下が見えるところまで駿太郎は送りながらあれこれと話し合った。別れ際、

「田圃の湯でお会いしませんか」

「おお、あの湯も承知な」

「はい、なんでも屋、酢屋、油屋の隠居衆と毎朝湯を楽しんでおりました」

「そりゃ、お城の厄介ごとより楽しかたい」

と話して魚屋夫婦を見送った。

しばしその場に立ち止まった駿太郎は、夫婦が無事に城下に入るのを確かめて踵《きびす》を返した。

日没が迫っていた。

八丁越への帰路、監視の眼の主が姿を見せるかと思ったが、岩場に戻るまでその気配はなかった。

# 四

赤目小籐次がいせ屋正八方の板の間で酒を馳走になろうとしたとき、店仕舞いしていた表戸が叩かれて婿の隆吉が身から魚のにおいを漂わせた住人を連れてきた。

「おや、魚屋の鯉吉《りきち》さん、どうしたな」

隠居の六兵衛が声をかけた。

鯉吉と呼ばれた男が盃を手にしたばかりの小籐次を見て、

「赤目小籐次様ですかな」

と問うた。

「いかにもわしが赤目じゃが」

「ならば安楽寺を訪ねる手間が省けた」

と応じた鯉吉が、

「八丁越の中ほどで背の高いお侍さんから、森城下に戻るのならば、いせ屋正八方の隠居か、おかるさんに、『御用は考えた以上に日にちがかかりそうだ』と言付けてほしいと頼まれました。そなた様の倅さんじゃそうな、これで分かりますかな、赤目様」

「おお、分かる分かる、鯉吉さん」

と応じたのは隠居の六兵衛だった。

「そうか、駿太郎らは、苦労しておるか」

と小籐次が呟き、六兵衛が、

「鯉吉さん、ご苦労やったな。まあ、上がりなされ。本日は頭成に仕入れにいかれたようだな」

いつもの調子で魚屋を板の間に招じ上げた。

おかるが席を手早く設けて鯉吉に盃を持たせ、

「いや、倅がどうしておるかと気にかけてはいた」

小籐次が言いながら竹徳利の酒を注いだ。

「駿太郎さんと与野吉さん、どこで夜を過ごしておられるやろ」

とおかるが気にした。

注がれた酒をきゅっと飲みほした鯉吉が、

「八丁越の中ほどの岩場で昨夜は過ごしたそうじゃ。夏とはいえ、夜は寒くはなかろうか」

　と鯉吉がふたりの身を案じた。

「おお、八丁越は、昼間暑くて夜明けは寒いぞ。なんとかしてやりたいがわしらはなんもできん」

　と六兵衛が言い、小籐次が腕組みして考えた。

「国家老の手先が江戸に戻るお侍さんを止め立てするのを、駿太郎さんは手助けして頭成まで行かせたいというておったな」

「倅がそういうたか」

「おお、わしら夫婦のことも案じたか、城下外れまで送ってくれてな、そんな道々に洩らしたことよ。相変わらず陣屋では国家老さんの周りでもめ事か」

「おお、鯉吉さん、そんな塩梅《あんばい》よ」

　と訳知り顔に六兵衛が応じた。

「石動源八どのはどこにどうしておられるか、いくらなんでも駿太郎らの動きを出し抜いて、すでに頭成に着いておるということはあるまい、玖珠は初めての土地じゃろうからな。この界隈に身を潜めて国家老の倅たちが油断するのを待っておると推量したのだがな」

と小籐次が首を傾げた。

「水ぶくれの河豚家老に庶子がいたのを鯉吉さんは承知か」

六兵衛は、石動某の動静より国家老の庶子兄弟に関心があると思ったか話柄を変えた。すると、

「別府の女衆に産ませた兄弟のことな」

とあっさりと鯉吉が答えた。

「おお、そんな話、この歳まで知らんかったぞ」

六兵衛が悔しげな顔で言った。

「大昔のことよ、わしが親父に連れられて別府に魚の仕入れに行っていた時期を覚えてないか。その折、わしら、国家老さんの女衆の屋敷に出入りしたことがあるわ。谷中様という町道場の主でな、親父とはどんな知り合いじゃったかのう」

と首を捻った。

「なんと世間は狭いな」

「谷中様と国家老さんは、折り合いが悪いと聞いたぞ。付き合いがないのと違うか」

「それよ、国家老さんな、この酔いどれ様と息子の駿太郎さんのせいで、形勢が

悪くなってな、最後の頼みとばかり、恥知らずにも庶子の兄弟に手助けを願って頭を下げたのよ」

と大仰な言葉を六兵衛が告げた。

「谷中家の先代もお京様も身罷られたと聞いたで、厚かましくもそんな頼みを水ぶくれの河豚はしよったのか」

「国家老さんの相手はお京様といわれたか」

「おお、子ども心にな、楚々とした美形と覚えておるわ。国家老さんもその当時は、痩せてよ、遊び人じゃったな、頭成から別府まで代官所の舟で姿を見せおったわ。親父とわしのふたり、谷中様の門前で会うたこともあったわ」

鯉吉は遠い昔を思い出すような表情を見せた。

「おお、谷中家は代々剣術家の家系よのう、河豚とお京様の間に生まれたふたり兄弟も剣術の達人じゃそうな、天領別府では評判よ。父子の絆は未だ生きておったか」

「いや、最前もいうたが赤目様父子に金で雇った刺客を叩きふせられて、隠し子に頭を下げたと違うか」

と六兵衛が答えた。

ふたりの問答を小籐次は酒を舐めなめ聞きながら、石動源八はこの森城下から八丁越の間のどこに潜んでいるか、思案していた。そんな表情を察したか、六兵衛が、

「酔いどれ様よ、どや、わしらがその公儀の密偵さんの隠れ家を探してみようか」

と言い出した。

わしらとは田圃の湯の仲間の隠居連のことだろう、と小籐次は考えた。

「とうとう『御留山』が公儀の密偵に眼をつけられたか」

「森藩も終わりやな」

六兵衛も鯉吉も古から玖珠郡に住まいしてきた商人衆だ。森藩久留島家がどうなろうと、さほどの痛痒は感じない。また新たな大名家が転封してくるだけだ。それだけにふたりの問答もさばさばしていた。

「久留島の殿さんも城なし大名さんで我慢しておれば、公方様の侍に眼をつけられることもなかったのにな」

「そういうことそういうこと」

ふたりの問答は結局落ち着くところに落ち着いた。

六兵衛がどうするな、といった顔付きで小籐次を見た。

「こたびのことは駿太郎に任せておったが、どうも埒《らち》があかんな。わしもいつまでもべんべんと城下で過ごしておられん」

と小籐次が正直な気持を洩らした。

「おお、酔いどれ様は殿様と角牟礼の本丸でええ言い合いをしたやろが。その割にはのんびりしておるな」

六兵衛はなんでも承知していた。

小籐次は森城下では、なんの内緒ごともできないことを改めて思った。

「よし、公儀の侍が城下に潜んでいるならばわしらが見つけ出してやろうぞ、そのときは、酔いどれ様に知らせればいいか」

「わしも明日から魚を売り歩くでよ、気にしていよう」

と鯉吉も六兵衛の言葉に合わせて言った。

小籐次は、大目付密偵の石動源八がそう容易く素人衆の探索の網に引っかかるとは考えず、頷いていた。そして、角牟礼城址三の丸曲輪で会った折、石動に谷中兄弟のことを告げたことが石動を慎重にさせているのだと思った。

八丁越の岩場では、与野吉が干飯を土鍋にほぐして山で採ってきた山菜を入れた雑炊を造り、駿太郎とふたり食べて満足していた。

「今晩はお互い蓑がある分、いくらか寒さが防げるぞ、駿太郎さん」

「与野吉さんがいて、こたびの見張りは大助かりです」

「それにしても玖珠ではなんでも動きが鈍いな」

と与野吉が雑炊の跡片付けをしながら言った。

ふたりの間に松明の小割の小さな灯りがじりじりと燃えていた。八丁越の周りの山並みは深い闇に覆われていたが、小さな灯りがふたりの気持ちを和ませた。

「最前、言伝を頼んだ魚屋さん夫婦が父と会っていたとしたら、なにか新たな動きがあるかもしれませんよ」

「今晩は諦めるとして明日くらいは寝床に寝たいな」

と与野吉が正直な気持を洩らした。

「これも修行です」

「剣術家の駿太郎さんは覚悟が違いますよね。私は、話に聞く田圃の湯に浸かって温かいめしを食い、布団に眠りたい、それがただひとつの望みです」

「それがしだって気持ちは与野吉さんと同じです。でも、ぬくぬくと過ごして万が一の場合、後れをとってはならじです。だから体を動かし、こんな夜を過ごすのです。剣術家といってもただの臆病者か、怖がりかもしれませんね」

駿太郎が苦笑いして続けた。

「なにかの役に立つと考えて動くのはつまらぬものです。曰くがあってもなくてもひと晩八丁越で過ごす、それが人の世の生き方ではありませんか。朝が来れば寒くて熟睡できなかったことなど忘れていますよ。それがし、物心ついたときから歳の離れた大人の間で過ごしてきましたからね。自分でも十四歳にして年寄りくさい。そんな感じがしませんか」

「駿太郎さんは己のことをとくと承知しておられる。やはり十四歳にして一廉の剣術家です、大したものです」

与野吉が過分な褒め言葉を告げた。

ふたりは綿入れと蓑を被って小割の微かな灯りを見ながら岩場に背を凭せかけ、眠りに就こうとしていた。すると、

「駿太郎さん、いまだれに一番会いたいですか」

と与野吉が蓑の向こうから問うたのだ。

「三河にいてわれら父子の帰りを待っておられる母上かな」

「おりょう様はちらりと三河でお見掛けしました。美しくて上品な女性ですね」

「だれからも言われます。父が母上の亭主とは想像もできないと」

「赤目様は、おりょう様の親父様の歳ですよね、そのうえ」

と言いかけた与野吉が慌てて、

「お似合いのご夫婦です」

と言い直した。

「そんなことを言ったのは与野吉さんが初めてかな」

駿太郎が大笑いした。

「父上は、五尺足らずの背丈でもくず蟹を踏みつぶしたような大顔、歌人の母上は、与野吉さんが見てのとおりです。そして、それがしは十四歳にして六尺を超えた背高のっぽ、妙な一家ですよね」

と言ったとき、ふと駿太郎は与野吉に新しい身内ができることを話そうかと思った。

与野吉と赤目一家の付き合いはさほど長いものではない。

三河の三枝家の所領に池端恭之助の文遣いでやってきた折が最初の出会いだ。

いや、出会いというよりほんのわずかな時、三枝家の離れ屋の庭に立ち、文を渡すとさっさと参勤交代の行列に戻っていったのだ。次に会ったのは、淀川三十石船の伏見の船着場だから、三河の三枝家訪いから数えても二月になるかならないか。

「与野吉さん、三河の三枝家の離れ屋で母上のかたわらにいたはずの姫様を覚えておられますか」

「むろんです。あのように美しい姫様に会ったことはありません。おりょう様の娘御かと思いました」

「いえ、違います。譜代旗本三枝家の独り娘薫子姫です」

と前置きした駿太郎が、赤目家と薫子との出会いを語り聞かせた。

星空を見上げながらの話だった。

与野吉は黙って駿太郎の話に聞き入った。そんな与野吉が感情を見せたのは、元祖鼠小僧次郎吉《ねずみこぞうじろきち》と薫子の出会いに話が及んだときだった。

「この話に元祖の鼠小僧がからんでくるのですか」

「ええ、赤目家と薫子姫の出会いには、鼠小僧次郎吉こと子次郎さんが関わっています」

「呆れた。赤目様一家の付き合いはなんとも広いな。森藩の殿様の願いなど情けないと思えるほど話が大きいですよ」

「与野吉さんが見た三河の三枝家の所領は、近々公儀に薫子様が返却することになっています」

「話に聞いた薫子姫の親父様の所業、小指の先ほども同情できませんね。譜代の旗本家といえども潰れるのはむべなるかなです」

そんな感想に駿太郎が頷き、

「与野吉さん、薫子姫の眼が不じゆうなのに気づかれましたか」

と話柄を変えた。

「えっ、眼が見えないのですか」

「江戸屋敷におられるときは、強い光なら感じるくらいでした。三河の所領に移り、三河の内海を見ているうちに、わずかながら海上を往来する船の帆が分かるくらいによくなったそうです」

「驚いたな、そんな不幸を負っている姫様とは思いもしませんでしたよ」

と言った与野吉が、

「待ってください。駿太郎さん、三枝家の所領は公儀に返却することになったと言いましたね。姫はおひとりでどこで暮らしていかれるのです。もはや三河には住めませんよね」

「薫子姫はおひとりではありません。老女のお比呂さんが従っておられます。そんなわけで父上が公儀のさるお方に相談して、われらが三河に戻るまで拝領屋敷に住むことを許してもらっています」

「なんてこった」

「ついでといってはなんですが、子次郎さんもいっしょです」

「ま、待って下さいな。眼の不じゆうな姫様に老女と鼠小僧次郎吉ですって、呆れた。どうしようというのです」

「話はここからが大事なのです」

「なんでしょう、駿太郎さん」

「われら、森藩の厄介ごとを終わらせたら、早々に頭成から三河の三枝家の所領を訪れます。その折、父上と母上、それに駿太郎の三人の赤目家にひとり身内が増えます」

駿太郎の言葉をしばし吟味していた与野吉が、

「おお、薫子姫は赤目家の養女になりますか」

と勢い込んで質した。

「はい、それがしの姉上にして父と母の娘へと薫子姫は変わります。赤目家は四人になります」

「これはいい話です、なんともうれしい話だぞ」

「ですよね、老女のお比呂さんも須崎村の望外川荘に住むことになります。この話、だれにも話さずに来ましたが、八丁越の夜が駿太郎の口を開かせました」

　ふっふっふふ
　と笑い声を上げた与野吉が、

「駿太郎さん、森藩の内紛なんてことに関わっている場合じゃありませんよ。赤目家の稼ぎは研ぎ仕事といいましたね、一本四十文の稼ぎでは薫子姫の賄い分も出ますまい」

「それがしの研ぎ料は二十文です」

「そんな呑気なことではダメです。今すぐ森陣屋を引き上げて、酔いどれ様とさっさと三河にお帰りなさい。森藩からはどうみても帰りの足代すら払ってもらえますまい」

　と与野吉が岩場から立ち上がりかけた。

「待ってください。父上にさような行動ができるならば、森藩を訪ねるなどありえませんよ。父はやはり殿様がこの地に招かれた願いごとを果たして江戸へと戻られると思います」

駿太郎が落ち着いた声音で言った。

「なんとな」

とまた岩場に尻を戻した与野吉が、

「望外川荘の話は一郎太さんからしばしば聞かされました。大きな屋敷だそうですね」

「はい。物心ついた折の駿太郎は、新兵衛長屋といって九尺二間の裏長屋住まいでした。それがどうしたことか、船着場のある大きな屋敷に住んでいます」

「駿太郎さん、重ねて聞くが研ぎ代の四十文と二十文ではどうにもなりますまい」

「なりませんよね。でも、せっせと研ぎ仕事をしていると、なんとなく暮らしが立つようで三度三度のご飯に不じゆうはしませんよ。与野吉さんも江戸に戻ったら、望外川荘に遊びにいらっしゃい」

「この与野吉だけがいらいらしてもなんの役にも立たぬか。となると、こちらの騒ぎを一日でも早く片付けなければならないな」

と眠気がすっ飛んだ感じで与野吉が思案した。

「それがし、姉上の話をしたら眠気が襲ってきました。すこし休みます」

と駿太郎は岩場に背をつけて両眼を瞑った。

ふあっ
と眠りに誘われた。

それを見ていた与野吉が、

「よし、ちらりとあちらこちらを騒がせてみるか」

と言うと綿入れを脱いで駿太郎の体の上にかけ八丁越の石畳へと歩いていった。

# 第五章　事の終わり

## 一

事が一気に動き始めた。

伊予の氏神、大山祇神社の祭神大山積ノ大神を分霊し、森藩の守護神として祀った三島宮が陣屋の背後の高台末広山にあった。

当代の通嘉公の治世下、文化二年（一八〇五）七月十日に火災で焼失したが、同月二十二日には仮社殿を建立し、二年後には白馬の大額を通嘉自ら奉納して社殿が完成した。

通嘉がどの時節に三島宮を森藩の城として壮大にして複雑な穴太積みの石垣の上に建設しようと考えたか、もはやだれも分からなかった。

ともあれ日光東照宮を参考にして、西に清水の湧き出る清水御門を配し、御長坂の入口には丸木御門があり、厳島、大国、八雲、秋葉、稲荷の五宮を祀った五社殿と栖鳳楼なる茶屋などが建設された。

通嘉は、三島宮の神域に城の機能を造ることで公儀の眼から隠そうとしたのではないか。

五社殿上の石垣の先端に番屋を置き、門番が見張って、何事かあるときは半鐘を鳴らさせた。当初通嘉は鐘撞堂を造ろうとしたが、十万石以上の大名でなければ許されないと知って、警鐘を鳴らすという理由でようやく公儀の許しを得た。

南側に設けられた桜の馬場の石垣は、公儀の眼を憚って赤土と芝で隠した。

通嘉の頭のなかには常に、

「城」

が存在していた。ちなみに三島宮は明治六年末廣神社と改名される。

通嘉の夢を利用して森藩の国家老嶋内主石が実権を握り、長崎との交易や抜け荷で利益を得て、その一部が通嘉の、

「城道楽」

に投じられたのだ。

この夜、茶屋の栖鳳楼に国家老嶋内主石、頭成の交易商人小坂屋金左衛門、腹心の御用人頭の水元忠義らが山路踊りの女たちを侍らせて酒盛りをしていた。栖鳳楼は二階屋で、宴は泉水に面して普請された十六畳の座敷で繰り広げられていた。

「お艶はどうしておる」

と酒に酔った嶋内がその場の者に質した。

「お艶の方様は、気分がお悪いとかで離れ屋にお臥せになっておられます」

と応じた水元を、苦々しい気分を隠して作り笑いをした金左衛門が見ていた。

「なんとしたことじゃ、案ずる要はない。わが倅ふたりが公儀の隠密も赤目父子も始末しおるわ。その折、お艶の顔が見たいものよ」

と言い放ったとき、

「かような顔でよければお見せしましょう」

とだらしなく京友禅を着崩したお艶が座敷の襖の前に立った。

「お艶、なんという形か」

「かような姿でよいと申されるお方がございましてな」

と応じたお艶の背をだれかが突き飛ばして酒宴のまんなかに転がした。

お艶の背後にいたのは、この日、多忙な動きをなした赤目小籐次だ。

「おのれ、厩番がなにをする気か」

水元御用人頭が腰に差した小さ刀に手をかけて立ち上がり、いきなり小籐次に斬りかかった。

小籐次は前帯に差した白扇を抜くと、酒に酔ってよろめきながら斬りかかる水元の喉元に突き立てた。

ぐっ
と奇妙な声を上げた水元が後ろ下りに縁側から泉水に転がりおちた。

酒宴が騒ぎの場と変わった。

「女ども、早々に立ち去りなされ」

と小籐次の命を聞いてもだれも動けない。すると、

「赤目様、私め、庭にて夜風にあたってようございますかな。はあ、御用人頭様を泉水から引き揚げぬと溺れ死ぬのではあるまいか、と案じましてな」

と小坂屋金左衛門の落ち着いた声が問うた。

「おお、小坂屋の主どのか。御用人頭の命までお気遣いか、お好きになされ」

金左衛門に応じた小籐次の手にはいつの間に水元から奪ったか、小さ刀があっ

た。

　傍らから立ちかけた金左衛門に嶋内主石が、

「なんの真似か、小坂屋」

　と喚いた。

「国家老様、そなた様、土壇場を迎えましたな」

「土壇場じゃと」

「はい。商人は時の勢い、人の趨勢《すうせい》を見るのがいちばんの務めでございましてな、国家老嶋内主石様の勢いは失せました」

　と言い放った金左衛門が、

「角牟礼城址の本丸での殿との問答のあと、天下一の武芸者がお独りで国家老様の前に姿を見せられる。すでに赤目様にはなんぞ成算ありと考えての訪いでございますよ」

「お、おのれ、これまで取り立ててきた予の親切を忘れよったか」

「予、と申されましたか。なにやら国家老様は殿様になったと勘違いをされて妄想を抱かれましたかな。長崎口と申し、抜け荷商いと申し、私めのお膳立てなしには、国家老様の懐を肥やすことはできますまい。交易商人の利など知れたものでしたがな」

「だれぞおらぬか。年寄り爺を叩き斬れ、小坂屋の口を塞げ」

と嶋内が叫んだが、呼応する者はだれひとりとしていなかった。

「おお、そうじゃ、迂闊にも忘れておったわ」

と小籐次が言い出し、小坂屋金左衛門を見た。

「小坂屋、国家老どのの屋敷に物頭最上どのを始め、近習頭池端どの、道中奉行の一ノ木五郎蔵どのらが最前から探索に入ってな、内蔵を調べられたわ。なんと国家老どのの所蔵の金子は、六千二百三十余両におよび、ほかに阿芙蓉《あふよう》やら長崎口の異国の品々が山ほど見つかったそうな。小坂屋、森陣屋の金蔵には、どれほどの金子があると思うな」

「赤目様、過日の参勤下番の費えも、うちが仕度するほどでしてな。藩の金蔵に、おそらく三百両あるかなしか」

「ほうほう、藩の金蔵には三百両、そなたがこれまで藩に用立てたのは、いくらじゃな」

「国家老様のご所蔵の金子の三割ほどでしょうか。はっきりとした金高と申されれば、大福帳をお見せしますがな」

「小坂屋、わしは森藩の勘定方ではないぞ。それより泉水に落ちた御用人頭は、水死しておらぬか」

「おお、忘れておりました」

と言った小坂屋金左衛門が立ちあがり、

「ほれほれ、女ども、いつまでここにおる。怪我をせぬうちに栖鳳楼から退がりなされ」

と言った。

女たちが必死の形相で栖鳳楼から飛び出していった。そのあとを金左衛門が悠々と座敷から出ていった。

酒宴の場に残ったのは、国家老嶋内主石と妾のお艶のふたりだけだ。最前までこの場に控えていた国家老一派の腹心たちは小籐次と金左衛門が問答する間にこそこそと逃げ出していた。

「さあてどうしたものかのう」

小籐次がふたりの前に胡坐《あぐら》を搔いて座った。

この夜、急に小籐次が動き出したのは、八丁越では動きがないことを与野吉から知らされてのことだ。

「厩番、なにが欲しい。金子か、そのほうが小坂屋に告げた金子のいくらかはくれてやってもよいぞ」

「嶋内主石、御用商人の小坂屋が見放したほどのそなたじゃぞ。そのほうの金蔵にあった金子や長崎口の諸々の品は、最上どの方がすでに藩の金蔵に移しておろう」

　小籐次がいうところに池端恭之助が酒宴の残り物が散らかる座敷に入ってきた。

「仰せのとおり、国家老の屋敷の内蔵の金子は、藩の金蔵に移しましてございます」

　近習頭の言葉に小籐次が頷き、

「国家老どのの処遇は、殿のご判断を仰ぐ要があろうな」

「いかにもさようかと。ただし殿と国家老の間柄は極めて微妙、どちらが藩主でどちらが家臣か、よう分かりませんでな」

「そのことそのこと、どうしたものかのう」

「赤目様の判断はいかがでございますか」

「わしは、森藩の厩番であった爺じゃぞ。国家老どのの処遇をうんぬんする役目は負うておらんわ。ただ、一日も早くこの森を去って江戸へ戻りたいだけよ」

「ならば、国家老様の処断を即刻行うことが肝要かと思います」

と池端が言い出した。

この参勤下番に同道するうちに近習頭は小籐次の気性ややり口を身近で見て、付き合い方を覚えてしまった。

「池端どのは、国家老の処遇、殿にお任せすることなく早々にこの場で決着をつけよと申すか」

小籐次の言葉を聞いた池端が、ふたたび姿を見せた小坂屋金左衛門を見た。

こちらも百戦錬磨の商人だ。

「私め、この場にあってこの場になき身、一語の問答も聞こえませんでしてな。どうぞ、ご随意に赤目様がお決めくだされ」

と言い出した。

「そうか、近習頭も御用商人もわしに任すというか」

と応じた小籐次が国家老の嶋内主石と側室のお艶を見た。

ふたりにとって小籐次、近習頭、御用商人の三人の問答は理解がつかなかった。これまで森藩のすべての決着は、国家老がつけてきたのだ。それが一瞬にして立場が変わり、まるでこの場に身がないような扱いだった。

「近習頭、それがしをどうする気か」

と嶋内主石国家老が問うた。

「話を聞いておられませんでしたか。そなた様の処遇、天下の酔いどれ小籐次様に委ねられましたぞ」

「な、なんとしたことを」

と狼狽する国家老に、

「嶋内主石どの、武士が身を処する道はただひとつ」

と水元忠義から取り上げた小さ刀を小籐次が差し出した。

「な、なに、身どもに切腹を命ずるか」

「森藩と藩主の久留島通嘉様を救う道は、そなた一人が責めを負うことの他にござらぬ。そなたも承知のように大目付岩瀬氏記様の密偵が森藩の内情をすべて摑んでおるでのう」

「そ、それは」

「そのほうの庶子の谷中弥之助、弥三郎兄弟が密偵を始末するというか。そう容易くはあるまいな、密偵どのにはわが倅が助勢しよう。どちらが勝ちを得ようと、もはや森藩は風前の灯よ。ただひとつ、そなたの口を塞ぐことができれば、この赤目小籐次が森藩久留島家一万二千五百石が生き残る方策を考えてみるがのう」

と小籐次が縷々《るる》と囁いた。

「せ、切腹は嫌じゃ」

と恥も外聞も忘れて国家老が言い張った。

「困ったのう」

小籐次が、この場になき身、と己の立場を表した小坂屋金左衛門を見た。

「御用商人、知恵はないか。年寄りひとりの命を助ける相談じゃぞ」

「赤目小籐次様、国家老嶋内主石様との付き合い、すべて克明に表も裏も認《したた》めて頭成のさる所に秘匿してございます。あの書付があれば、国家老様の命、あってもなくても大したことではございますまい。玖珠郡の山寺などに追いやって余生を過ごさせるのもひとつの手」

と言い出した小坂屋金左衛門を嶋内主石は茫然自失して見た。

しばし沈思した小籐次が小さ刀を手に立ち上がった。

「ひえっ」

「わ、私はなにも知らぬ」

と国家老と愛妾が口々に言い合った。もはや太々しかった国家老を想像させるものはなに一つとしてなかった。

小籐次が不意に国家老の背後に廻ると白髪交じりの髷を根元からばっさりと切り落とした。

物頭の最上拾丈が配下の者を連れて姿を見せ、

「そのほうら、表にて待て」

とこの場の様子を見て、座敷から下らせた。

「最上どの、この者をそなたに預けようか」

「ほうほう、国家老様、出家なされましたか」

「出家された身を国家老と呼ぶのはおかしかろう。ともあれ一出家として晩年を全うさせよ。この者の髷を江戸藩邸に送ってくれぬか。わしが髷の曰くを一筆認めようではないか」

「江戸家老長野様に宛てて書状を書かれますか」

「もはや森藩では事が足りまい。老中筆頭青山忠裕様に宛ててじゃ」

と小籐次がその場の者に告げた。だが、嶋内主石もお艶もその言葉が耳に入った様子はない。

最上拾丈と池端恭之助が得心したように頷き合った。

「この者たちの始末、早々に為しまする」

「最上どの、かつての国家老一派の主だった面々には因果を含めたで抗う者はおりますまい。おお、御用人頭の水元忠義は泉水から引き揚げさせて陣屋の牢に送りこませました」

と池端恭之助が言い、

「ほう、手早いのう。それが出来るなら国家老一派の専横を許さなかったものを」

と小籐次が応じた。

「赤目様、われらには嶋内様と渡り合える人物が欠けておりました。それが赤目小籐次様の森藩訪いで、かような仕儀になりました」

と言った物頭の最上が頭成の御用商人を見た。

「最上どの、小坂屋金左衛門が国家老どのの所業の一切を認めた書付が頭成にあるそうな、池端どのといっしょに受け取りに行ってくれぬか。後々役に立とう」

最上が小籐次を凝視して、

「さような荒業ができる御仁が森藩にはおりませんでしたな、ゆえに国家老どのの専断を許してしまいました」

と繰り返した。

「今更ながらの言い訳じゃぞ。乗り物を一挺都合して、出家された老人を山寺に早々に送り込みなされ」

「お艶はどうしますな」

「最上どの、遊女の処遇まで考える余裕がただ今の森藩にございますかな」

「ございません」

「この女の手柄は、山路踊りを森城下に根付かせたことでござろう。この女なればどこの地であれ、強《したた》かに生き抜こうではないか」

早々に一挺の乗り物が用意され、嶋内主石は道中奉行の一ノ木五郎蔵に指揮された一行により所領のなかでも険阻な山中にあるという禅宗の修行場に送り込まれることになった。一方、お艶は同時に山中に放りだされることになった。

「物頭、殿にご挨拶がしたい」

と嶋内主石が必死の表情で哀願した。すでに国家老として威勢を誇った面影は感じられなかった。

「すでにそなたは国家老に非《あら》ず、新米出家にござる。殿もまだただ今の藩内の動静を把握しておられませぬ。そなたの処遇は、藩内が落ち着いた折、お知らせしますでな、さような気遣いは無用にござる」

池端恭之助が言い切り、生涯最後になるであろう乗り物に詰め込まれた先の国家老とお艶のふたりが栖鳳楼から消えた。

その場に残ったのは最上拾丈、池端恭之助、小坂屋金左衛門と、そして小籐次の四人だけだった。

「赤目様、大仕事が残っておりまする」

「なにかな、近習頭どの」

と察しがついた小籐次は、この旅で入魂《じっこん》になった池端恭之助にわざと質した。

「藩主久留島通嘉様への報告にございまする。この半日のわれらの行動、殿は全くご存じではありません。この大仕事は」

「わしにその役目をなせというか。池端どの、それは考え違いである。この赤目小籐次は、いかにも通嘉様のご厚意で先祖代々関わりがあった森藩にお招きいただいた。じゃが、わしと倅の立場は、主従の関わりではなくただの客分に過ぎぬ」

としばし間を置いた小籐次が、

「これればかりは森藩家臣、こたびの国家老出家の道筋をつけたそなたらの務めよ」

　と言い切った。

「われらの言葉を殿がお聞き入れになりましょうか」

「そなたらが承知のようにわしは、角牟礼城址の本丸隅櫓での問答以後、お会いしておらぬ。殿を説得するのは、そなたら、森藩上士しかおらぬ。よしんば殿をわしが説得したとせよ、公儀が森藩の処遇を納得せぬわ。ここは一番、死ぬ気で殿に報告し、明日にも全家臣を陣屋の大書院に集めて、殿のお口から森藩の改革を宣言するのだな。それが最上どのや、池端どのら上士の務めじゃぞ」

　と小籐次が言い添えた。

　ううーん、と最上が唸った。

　武官の最上位の最上拾丈は藩政に関わることを良しとせず、政から距離を置くことを己に課してきた。いちばん不得意なことだった。

　小籐次が小坂屋金左衛門を見た。

　その眼差しから意を悟った御用商人が、

「赤目様、私め、前の国家老と昵懇であった商人にございますぞ。家臣の最上様や池端様に助勢する立場にはございません」

と抗った。

「小坂屋、そのほう、参勤交代の折々に森藩に費えを貸しておるのではないか」

「お武家様方は、金子の遣い方が下手でございますでな、致し方なく御用立てして参りました」

「真のところ、用立てした金子がいくらか改めて聞きはすまい。小坂屋金左衛門、すでに貸した金子くらい藩の、いや、前の国家老の目こぼしで稼いでおらぬか」

「赤目様、かような仕儀に陥った以上、もはや抜け荷には当分手が出せませんぞ」

「公儀の眼が光っているからのう」

「赤目小籐次様の眼が光っておるからでございましょう。森藩に残された金子は、前の国家老、ただ今は出家されたお方の内蔵にあった六千余両だけですか。この金子とて、殿のご道楽の建城に費消されたとしたら、元の木阿弥、貧乏大名はいつまでも続きますぞ」

「そこよ、小坂屋。国家老の屋敷の内蔵にあった金子は、貴重な藩の所蔵金、この金子と長崎口の品、ついでに薬となる阿片を売って森藩の内証を立て直すように忠言できるのは、御用商人のそなた、小坂屋金左衛門ひとりと見た。この荒業は森藩と昵懇の塩屋とてできまい。最上どのや池端どのを手助けして、そなたが殿を説得してくれぬか」

と小篠次が願った。

しばし沈思した金左衛門が頷くと、

「明早朝、殿様とお会いしましょうかな。私ができることを赤目様が森藩に逗留中のうちにやらせてもらいましょう」

と言い切った。そして、

「赤目様から注文がございますかな」

と質した。

「ただひとつ、角埋山を『御留山』に戻すことのみが森藩が生き残る道よ」

と念押しした。

三人が期せずして、ううーんと唸った。

二

翌日。石動源八は森川の岸辺にある網小屋に従者の小者と潜んでいた。すると

食い物を買い求めに行った小者が網小屋に戻ってきて、

「石動様、この網小屋にも人がやってきます」

「国家老一派の者か」

「いえいえ、国家老とその一派は赤目小籐次様方の計略で瓦解して、自害切腹させられて屋敷から身内は放逐されたそうな」

陣屋内外の噂話をあれこれと告げた。

「ほうほう、酔いどれ様は荒業の持ち主よのう。となるとだれがこの網小屋に来るな」

「私どもを探しておるのは町屋の隠居方ですよ。残る厄介は前の国家老どのの庶子兄弟だけです」

「森藩の処遇、どうやら赤目様が付けられた様子、われらも魚くさい網小屋に逼塞しているわけにはいかぬな。暇人の隠居にあれこれ言われるのもなんともな、早々に立去るしかないか」

主従ふたりは旅仕度を為すと玖珠街道へ向かった。

石動は、この刻限に森城下を出ると八丁越は夕刻になるか、と案じた。

隠居方を動かして自分を隠れ家から誘《おび》き出した背後には、小籐次が一枚噛《か》んでいると思われた。ならば、赤目小籐次が谷中兄弟の動きを見逃すはずはないと思い、夜道の玖珠街道を頭成に向かうことを決意したのだ。

小者が背に負った竹籠には夕餉のために買い求めた食い物や松明などが入っていた。

主従は日没の光と競い合うように黙々と八丁越に向かった。

森城下から別府の内海に向かう旅人はさすがにいない。反対に森城下に入ろうとする森藩の家臣と思しき三人連れと擦れ違った。

相手方から声がかかった。

「これから玖珠街道を進まれますかな、四半刻で日が沈みまするぞ。この界隈の人とはお見受けせぬが山道の夜旅は危のうござる」

「有難いご警告、かたじけない。されどいささか急ぎの用事がござってな。灯りは持参しておるで、街道を外れぬよう参る所存」

と石動は答え、

「久留島家の御家臣かな」

と反対に問うてみた。

「いや、日出《ひじ》藩の者でござってな、日田代官所に向かうところじゃが、われら、今晩は森城下泊りにござる。気をつけていかれよ」

と言って別れたのが最後の玖珠街道の旅人だった。

「ご主人様、八丁越は難所と聞きまするが、日のあるうちに抜けとうございますな」

と小者が案じた。

頷いた石動は、無人となった玖珠街道に待ち受ける人がいる気配を察していた。

「そなた、国家老一派は瓦解したというたな。ならば、国家老どのの庶子兄弟の剣術家が待ち受けておるとは思えぬがのう」

と告げたとき、石畳の坂道に差し掛かった。

「これが八丁越でございますか」

「そのようだな」

坂道の中ほどにふたつの人影があった。


駿太郎は、岩場の隠れ処から八丁越を見ていた。

ふたりの人物は、三島村上流の谷中弥之助と弥三郎の兄弟と判断した。

与野吉は昨日から姿を消し、森陣屋で国家老一派の頭領嶋内主石が父の小籐次の暗躍と最上ら忠勤派の果敢な行動で処断されたことを駿太郎は知らなかった。

　小者を従えた石動源八がゆっくりとした足取りで谷中兄弟に近づいていくのを坂上から見て、備前古一文字則宗を腰に差し、木刀を手にした駿太郎は岩場を出て八丁越の石畳に向かった。

　石動源八と小者が歩みを止めた。

　谷中兄弟は、石動と小者の前に立ち塞がるように石畳に並んでいた。

「なんぞ御用かな」

「そのほう、公儀の隠密じゃな。九国においては公儀の隠密は口を塞ぐのが習わしでな」

　兄の谷中弥之助が言い放った。

「ほう、さような習わしがござるか。それがし、寡聞にして知らず。ところでそなた方は、森藩の先の国家老嶋内主石どのの子息じゃな」

「いかにもさよう」

「森藩の国家老どのはどのような曰くか知らぬが、切腹か自害をされたとかと聞いたがな。となれば、そなた方、父君の失脚により、命は立ち消えになったのではござらぬか」

「ちえっ」

と弟の弥三郎が舌打ちした。

「ほう、かような仕儀をご存じなかったか。ならば、それがし、夜旅の心づもり、道を空けてはくれぬか」

「兄者《あにじゃ》、父の失脚は公儀の隠密も承知じゃぞ。われら、この者を斬ったところでなんの役にも立たぬ」

「弟よ、いかにもわれらが真の相手は、赤目小籐次と駿太郎父子じゃ。とはいえ、こやつを見逃してよいものか。天領別府の我が家に厄介が降りかからぬか」

「口を塞ぐというか、兄者」

と弟が刀の柄に手をかけたとき、

「おーい、三島村上流を長年修行してきた剣術家の言葉ではないな」

とのんびりとした声がかかった。

石畳脇の林の奥から小籐次がゆらりと現れて、石動主従と谷中兄弟を見下ろす路傍に立った。

「赤目様」

と石動が喜色を浮かべた。

「そなたにな、渡すものがあってな、追っかけてきたのだ」

と応じた小籐次が、

「谷中弥之助、弥三郎、そのほうら、わしに用事か、それとも石動どのに用事か」

竹とんぼを差した破れ笠を載せた大頭を兄弟に向けた。

「われら、赤目小籐次と駿太郎父子と勝負がしたし」

と弟の弥三郎が言った。

「ふーん、となると石動どのらは立ち去ってよいな」

兄弟が顔を見合わせ、

「倅がおらぬな」

と弥之助が言った。

すると、小籐次の立つ路傍とは石畳を挟んで反対側から、長身の駿太郎が姿を見せた。

「父上、国家老様は失脚なされましたか」

岩場の斜面で石動と小籐次の言葉を聞いた駿太郎が質した。

「おお、それよ。石動どのにわしの書状と先の国家老嶋内主石の髷を渡しておこうと思うてな」

　小籐次が懐から手拭いに包まれた髷と書状を石動に渡した。

「わが主に渡せば用が足りますかな」

　石動が念押しした。

「豊後森藩の角埋山は城に非ず、『御留山』じゃと、わしの言葉をそなたの主どのに言い添えてくれぬか」

「はっ、しかと伺いました」

　と石動が小籐次に頷き、兄弟を見た。

「聞いたな」

「赤目氏、われらが父は自害したは真か」

「武家方が髷を落としたのだ、それしか森藩と久留島の殿様を救う道はなかったのだ。ついでにそなたらの懸念を払っておこう。そなた方の家、天領別府の谷中家に厄介が降りかかることはない。赤目小籐次がこの場の一同の前で約定致す、よいな」

　と小籐次が明言した。

「父は身罷ったか」

と自問するように弥之助が繰り返した。

「あのような父でも父であることに変わりなし、髷を切ったのは赤目どのか」

「弥三郎、いかにもそれがしが髷を切り落とした。髷を確かめるか」

と兄弟に聞いた。

ふたりが顔を見合わせ、首を横に振った。

「父を自害に追い込んだのは、赤目小籐次どのじゃな」

「いかにもさよう」

「となれば、父の仇、われらが討つ」

弟の弥三郎が不意に思い付いたように言った。

「父上、どうなされますな」

駿太郎が小籐次に質した。

「わが来島水軍流と同門の三島村上流の修行者からの、稽古の願いでは断るわけにはいくまい」

と言った小籐次が、

「事の次第は聞いたな。もはや石動源八どのをこの八丁越に留める曰くはあるまい。頭成に向われてよいな」

と念押しした。

「谷中家に迷惑はかかりませぬな」

「赤目小籐次に二言はござらぬ」

と言い切り、石動に頷いた。

「赤目様、あれこれと世話になり申した。近々再会しましょうぞ」

と言い残して石動と小者のふたりが兄弟の空けた石畳を抜けて頭成へと夜道を急ぎ足で向かった。

「さて、稽古を致そうか」

「赤目氏、稽古ではござらぬ。真剣勝負にござる」

と弥三郎が抗った。

「弥之助、弥三郎、われらの先祖も、伊予の水軍であった。同門同士が真剣を揮って戦う曰くがあろうか」

「父の仇にござる」

兄弟が剣を構えた。

よかろうと応じた小籐次が、

「同門の縁によって剣を交える両者じゃぞ。わしは三島村上流を知らぬ。奥義なり形《かた》なりあらば、そなたら、この年寄りに見せてくれぬか」

と言い出した。

すでに西の山陰に日は落ちて八丁越の石畳は、うす暗かった。

「赤目氏、祖父の許しを得ねば三島村上流の奥義は見せられぬ」

と兄の弥之助が断った。

「そうか、もっともな言い分かな。ならばなんぞの足しに、そなたら、われら来島水軍流の序の舞から正剣十手を見てくれぬか」

と小籐次が願った。

「父上、よきところに灯りが届きました」

駿太郎が八丁越の坂上を見た。

ふたつ、提灯《ちょうちん》の灯りが森城下の方角からゆらりゆらりとやってきた。

「ああ、池端様と与野吉さんです」

「やはりこちらでしたか」

と池端が応じて、

「なんぞ始まりますか」

と谷中兄弟を見た。

「なんの、いつもの座興よ。灯りを照らしてくれぬか」

と願った小籐次がひょこひょこと進み出て石畳を提灯の灯りで確かめ、

「弥之助どの、弥三郎どの、もしやしてわが来島水軍流に関心を持たれた折は、われら、父子を真似てくだされ」

と敬称をつけて誘った。

ふたりは無言で、小籐次の誘いに応じるのか応じようとせぬのか分からなかった。

赤目小籐次と駿太郎が石畳に並んで、夜空に向かって拝礼した。

小籐次が次直を腰に落ち着かせると、

「来島水軍流正剣一手序の舞」

と宣言し、駿太郎が頷くと、八丁越に備中国次直と備前古一文字則宗が緩やかに放たれた。

瀬戸内の灘で揺れる船上で扱う水軍の白刃の閃きは、ゆったりとして能楽の舞を見る人に連想させた。

身丈五尺あるかなしか、小籐次の遣う次直の刃渡りは二尺一寸三分、それに比べて則宗は二尺六寸、ふた口の剣が悠揚と踊り、舞った。

小柄な小籐次の次直は飄々とした動きで、駿太郎のそれは大らかだった。

谷中兄弟は初めて見る来島水軍流の序の舞に圧倒されていた。

「二手流れ胴斬り」から「十手波小舟」まで時の流れが寸余の間か永劫の流れか分からぬままに兄弟を打ちのめした。

池端恭之助は、谷中兄弟との真剣勝負を避けたいと考えた小籐次の企てかと直感した。これは父子の演技だった。

むろん駿太郎も父の考えを察していた。

来島水軍流の正剣十手が終わったとき、小籐次が駿太郎に目顔で新たな剣技を命じた。そのことを察した駿太郎が静かに納刀をすると独り石畳に残り、小籐次は下がった。

「豊後玖珠街道の神々に奉納致します。

伊予の灘、狂う潮が授けた刹那の剣一ノ太刀にございます。

家斉様より拝領の備前古一文字則宗にて、不肖赤目駿太郎十四歳、拙き剣技を披露致しまする」

と宣するとふたたび則宗が夜空に躍った。

迅速果敢にして烈風のごとき動きは玖珠街道の星空と石畳を一瞬にして支配し

た。

駿太郎の演武が果てた。

八丁越に沈黙があった。

小籐次は、谷中兄弟の様子を池端と与野吉が掲げる提灯の灯りで見た。

どうこの父子の剣舞を捉えてよいか、兄弟は当惑していた。

「お待たせ申したな」

小籐次が穏やかな声で弥之助と弥三郎に話しかけた。

「赤目様、われら、想い違いをしておりました」

と兄が呟くように言った。

「おお、そうか。道場主の祖父上の許しもなく、わしは三島村上流の奥義を所望して、困惑されたな。すまん、年甲斐もなく強いてしまった、許されよ」

小籐次が弥之助の言葉を勝手にすり替えて、こう述べた。

両者が戦う理由はなんらない、小籐次はこの戦いを避けたかっただけだ。

「兄者、われら、出直しじゃな。十四歳の赤目駿太郎どのの剣技、見たこともない」

と弥三郎が言い、

「赤目様、われらに足りぬものはなんでございましょう」

と訊ねた。

「構えを見ればわかる。そなたらの修行、たしかなものよ。今までどおり祖父上のもとで続けなされ。修羅場を潜るくぐらぬは、剣の上達になんら関わりはない。相手の血が却《かえ》って修行の妨げを致すわ」

と小籐次がふたりの兄弟に告げると、

「われら、別府にこのまま戻ります」

と兄が応じた。

頷いた小籐次が、

「ひとつだけわしの言葉を胸にとめて別府に戻られよ。そなたらの父、嶋内主石どのは出家なされて玖珠の山中にある禅寺にて修行を始めておられる。いつの日か、そなたら兄弟、父に会いに行かれるのもよかろう」

「なんと」

「父が生きておる」

と言い合った兄弟が無言で頭を深々と下げると石畳を下って闇に溶け込んでいった。

その場に残った赤目父子と池端主従の四人は、提灯の灯りで八丁越から森陣屋に戻り始めた。

「父上、池端さん、おふたりはひと足先に安楽寺にお帰りください。それがしと与野吉さん、岩場の塒《ねぐら》の片付けをしてあとを追います」

と駿太郎が願って二手に分かれた。

「池端どの、わしに用かな」

坂を下りた辺りで小籐次が聞いた。

「はい、明日、大書院にて森藩の上士と中士全員が集まり、殿から話がございます」

「それはよかった」

懐から池端が書状を出した。

あて名書きも差出人の名もなき書状だが、小籐次には藩主久留島通嘉からのものと直ぐに分かった。

「安楽寺に戻ってとくと読ませてもらう」

と応じた小籐次と池端は夜の玖珠街道を森城下に向かった。

三

安楽寺の離れで小籐次は封を披いて、中味を読む前に瞑目した。気持を落ち着けるために長いこと瞑っていた両眼を静かに開けると、

「赤目小籐次に告ぐ」

とまず小籐次の姓名がしっかりとした、墨痕鮮やかな文字で認められていた。

さらに本文が小籐次の眼に入り、

「予がそなたに会うた日は遠い昔であったな
この歳月、通嘉は願いを秘めて生きおり候」

とあった。

小籐次は、年月を忘れるほど大昔の出来事を思い出していた。

愛馬紅姫に乗った藩主の久留島通嘉が下屋敷に突然姿を見せて、そのまま屋敷の外へ走り出した。家臣たちが当然従っているものと小籐次が後姿を見たが、な

んと単騎であった。

　小籐次は咄嗟に今里村へと疾駆する紅姫のあとを走って追った。

　通嘉を乗せた紅姫は上大崎村から目黒川を大崎橋で渡り、下大崎村の先で小籐次は通嘉を見失った。それでも小籐次は諦めなかった。明らかに憤怒の感情が馬上の通嘉を突き動かしていたからだ。

　四半刻後、桐ヶ谷村の雑木林のなかに紅姫の荒い息遣いと嘶《いなな》きを聞いた。

　久留島通嘉は、戸越村を見下ろす斜面に坐して忍び泣きながら呟いていた。

　風に乗った通嘉の声が聞こえた。


「……通嘉も一国の主なれば居城がほしいのう」


　小籐次が初めて耳にした八代目藩主の声は哀しみに満ちた嘆きであった。

　この言葉が城なし大名の通嘉と下屋敷の厩番のふたりを生涯結びつける絆になった。

　小籐次が手にした通嘉の文はこう続く。

「城を所有する大名として死すること予の熱望也
　大名が城を持つ、自明のことに候」

小籐次は通嘉の妄執に茫然自失していた。ふたりが出会ったあの日からどれほどの歳月が過ぎたか。通嘉が城を持つ宿願は、失せるどころか日に日に大きく膨らみ、妄想を募らせていたのだ。

「角埋山の麓に穴太積の石垣を築き、五社殿を設え、神々をお祀り致し候
予の願いを国家老が知りて、手掛けられぬ注文ではないと返答致し候
清水門を始め幾多の門と石段を備えた石垣を設える費えを得、百姓の使役によって少しずつ形をなすとき、我が気持ちは一喜一憂し、時に有頂天になり、時に失意に墜ち、歳月とともに陣屋裏に三の丸、二の丸、本丸が成る。ついには角牟礼山城址と結ばれし日、予は喜びに滂沱《ぼうだ》の涙を流し候」
「この普請の逐一をそなたに話したき願望を必死に耐え、最後は御留山の角埋山と向き合い候。

城址に吹く風が予に、御鑓拝借の切っ掛けに為りし、詰の間同輩の大名衆の嘲笑と、そなたの勇武を思い起こさせ、此度も赤目小籐次、在りせばと考え候」

「角埋山は御留山に候とのそのほうの言葉に、角牟礼の隅櫓にて予は打ちのめされ候。

森藩一万二千五百石と予の命を掛けし宿願、建城か破城か思い悩んだ末に角牟礼城址を年余かけて御留山に戻すこと、先祖の霊と家臣領民への信義に鑑みて決意致し候。

赤目小籐次、公儀幕閣諸侯を得心させよ。森藩の存続を願え。

予の宿願を奪いし代償なり。

わが果てなき望み、潰えたり。

明日、角埋山を御留山に戻す予の所存、家臣を集めて久留島通嘉の気持ち告知致す決意なり。来春、参勤上番の折、江戸での再会願望し候。

豊後森藩八代目藩主久留島通嘉」

とあった。

小籐次は瞑目し、通嘉の一語一語を思い起こし、再び眼を見開いて熟読を繰り返すこと幾たびか、久留島通嘉の告白と決意を信じた。

ふと気付くと駿太郎が離れ屋の座敷に坐していた。

小籐次は十四歳の駿太郎に通嘉の書状を差し出した。

無言で受け取った駿太郎が小籐次以上に時をかけ、書状を読み返し、ただ頷いた。

いつの間にか夜が明けんとしていた。

「父上、旅仕度を為して田圃の湯に浸かり、いせ屋正八様方の隠居衆に別離の挨拶をなし頭成へと、いや、三河国へと向かいませぬか」

「おお、もはやわれら父子がこの森城下に滞在する曰くはあるまい」

と応じて父子は旅仕度を始めた。

小籐次は宿代としていくばくかの金子を離れ屋に残し、田圃の湯に行った。

いつもより少し刻限が早いか、いせ屋正八ら隠居の姿はなかった。

父子は無人の湯に浸かり、朝の光に輝く田圃の稲穂を無言で見ていた。

「父上、殿様の宿願、幻に終わりましたね」

しばし小籐次は駿太郎の問いに答えられなかった。

「遠き昔、通嘉様にわしが願いを授けたのであろうか」

「かもしれませぬ。されどお決めになったのは殿様にございます。父上は、殿様の考えてはならぬ願いをお止めになった」

「殿の望みは無と消えた」

「はい」

「角埋山は城に非ず、御留山に候」

と小籐次が呟いたとき、三人の隠居たちの声が田圃の湯の脱衣場から聞こえて、

「おお、今朝は早いな」

といいせ屋正八の隠居が露天の湯に顔を覗かせた。

「そなたらとの別れの挨拶をな、湯に浸かってしておきたかったのだ」

「そうか、酔いどれ様父子は森城下を去るか」

「これ以上の長居は無用じゃでな」

「ならばうちで朝めしを食っていきなされ」

「いや、十二分に馳走になったわ。刀鍛冶の播磨守國寿師と研ぎ師の求作親方には、挨拶をせずに頭成へと向かうで、宜しく伝えてくれぬか」

三人の隠居方が湯に入り、赤目父子が湯から上がった。

「森城下が寂しゅうなるな」

と酢屋の隠居が言い、油屋の隠居が、

「今朝には陣屋で家臣衆が集まり、殿様の話を聞くそうじゃが、酔いどれ様はよいのか」

と質した。

「わしは殿様に玖珠郡森陣屋に呼ばれた元下屋敷の厩番よ。これ以上の関わりは無用であろう」

と言い切った。

旅仕度をした小籐次が、

「いせ屋正八の隠居、路銀をなにがしか置いていこう。祭礼の折の酒代の足しにでもしてくれぬか」

と言い残すと田圃の湯から赤目父子の気配が消えた。

赤目父子はその夕刻、頭成の塩屋を訪れた。

店仕舞いの刻限だ。

八代目の村上聖《しょう》右衛《え》門《もん》が、

「おお、お帰りなされたか」

と喜びの声を上げたのが奥に伝わり、隠居の籐八と孫のお海が店へと飛び出すように姿を見せた。

しばしお互い言葉もなく見合っていたが、

「よう戻られた。森城下での噂はあれこれと伝わってきましたぞ、赤目様」

と籐八が話しかけた。一方お海と駿太郎は笑みの顔に変わっていた。

「終わったのね」

お海の眼差しが備前古一文字則宗の柄に向けられた。そこにはお海が拵えた紙の福玉が下がっていた。森陣屋への往来で福玉は波瀾の日々を物語るように傷んでいた。それを見たお海が微笑んだ。

「お海さんの造ってくれた福玉のお陰で、われら親子の用事は終わりました」

「江戸に戻られるのね」

「途中大坂と三河に立ち寄り、江戸に戻ります」

「三島丸はただ今、航海に出ているわ。だけど」

とお海が言葉を止めて父親を見た。

「ああ、そのことについて赤目様と駿太郎さんに相談がございます。なにはともあれお上がり下さい。夕餉をともにしながら森陣屋での出来事や帰路の船についで相談しませぬか」

と聖右衛門が言った。

「お父つぁん、まずは赤目様と駿太郎さんにお風呂に浸かってもらいませんか。その間に夕餉の仕度が出来ます」

とお海が言った。

「お海さん、われら、野湯に浸かって参りました。それがし、武道場で体を少しでも動かしとうございます」

「あら、野湯を承知なの」

「参勤下番の最中、頭成から一泊目の大名湯にて、漁師の留次さんに誘われて野湯の小屋にふたりして泊まり、次の日、参勤交代の行列に戻ったのです。帰路、父上に長閑な野湯に入ってもらい、別府の内海をお見せしたく立ち寄ったのです」

「森陣屋訪いの最後になんとも素晴らしい思い付きでしたな。留次はいいことをしましたな。野湯ですが、どうでしたか、赤目様」

「豊後が湯の国とよう分かる野湯であったわ。森陣屋の諸々の出来事、悪しきこともないではなかったがな、露天の湯から見る山と海がきれいさっぱりと忘れさせてくれおったわ。もはや赤目小籐次の頭のなかには、森城下のよき思い出しか残っておらん」

と小籐次が言い切った。

「それがしは父上の心境には容易くなれません。少しでも武道場で体を動かして気分を変えまする」

と述べた駿太郎は、久しぶりに塩屋の武道場に通った。

四半刻後、お海が夕餉の仕度ができたと知らせにきたとき、駿太郎は素振りを終えて、坐禅をしていた。

「駿太郎さん、ご気分はどう」

「森城下の滞在の日々が豊後の山と海に包まれて心地よい思い出としてそれがしの五体に刻まれました」

「直ぐにも江戸に戻りたい心境なの」

「はい。とは申せ、われら父子、森藩の御座船三島丸に乗る立場にはございません。頭成からの船次第で帰路や出立日が決まります」

「爺様とお父つぁんになにか考えがあるようよ。座敷に参りましょう」

と誘われた駿太郎は、お海に手を取られて久しぶりに塩屋の身内に迎えられた。

「お海、赤目様方が江戸に戻られると寂しゅうなるな」

父親の聖右衛門が言った。

「お父つぁん、人は出会い、別れていくのが世の習いです。いつの日か私が江戸に出ることがあるかもしれません」

「おお、それよ。赤目様と話してな、明日にもうちの船、豊後塩丸を摂津の大坂に向かわせる。あちらで江戸の紙問屋久慈屋さん関わりの船に乗る手筈になっておるそうだが、赤目様父子が久慈屋さんの船と落ち合うには大坂の船問屋や江戸の久慈屋さんと文のやり取りがいろう。無為な日にちをこの頭成や大坂で過ごすことになる。ならばうちの船に乗ってもらったほうがなんぼか早かろうと思うてな。それというのも、江戸との取引きを始めようとうちも考えていたところだ。豊後塩丸は大坂から江戸へ向かう。赤目様が昵懇の久慈屋さんは江戸指折りの紙問屋さんというでな、九国や伊予の国の名高い紙を扱ってもらうよう赤目様が久慈屋さんに口利きしてくれるそうな。お海、江戸との取引きが決まれば、いつでもうちの船に乗って江戸に出かけられよう」

「ああー、駿太郎さんと江戸で再会できるのね」

「そういうことだ」

「お海さんの造ってくれた福玉のお陰かもしれませんね」

駿太郎も喜びの声を上げた。

その様子を酒を飲みながら見ていた小籐次に隠居の村上籐八が、

「赤目様、ふたりばかり豊後塩丸には相客がございますがよろしいかな」

と言い添えた。

「ご隠居、われらこそ江戸まで船旅などと頭成に着くまでは夢想もしませなんだ。相客、大いに結構」

と小籐次が返答した。それにしても頭成の古い船問屋にして交易商の塩屋は、森城下における赤目父子の行動をとくと承知していることに驚いた。

「ご隠居、八代目、われら父子、かような世話になってよいものかのう。むろん江戸でわしが為すことはなんでも致すがな」

「赤目様、森藩が殿様の城狂いのせいで潰れるとしたら、頭成の船問屋もにっちもさっちも立ちゆきませぬ。赤目様のお陰で殿様が角埋山に本丸を築くことを諦め、御留山に戻されるそうな。これで私ども塩屋も小坂屋も安心して商いが続けられるのです。赤目小籐次様々ですぞ」

「塩屋さん、なんでもようご存じじゃ」

と小籐次が驚き、

「まあ、一杯、恩人様」

と籐八が銚子を差し出した。


翌朝、塩屋の船着場に小舟が迎えに来てくれた。お海が塩屋を代表してひとり船まで見送ることにした。塩屋の持ち船豊後塩丸に向かう小舟の船頭はなんと留次だった。

「駿太郎さん、野湯に立ち寄ったそうやな」

「はい、父上に野湯に入ってもらいましたよ」

「そうか、酔いどれ様、野湯に入ったか。駿太郎さん、親父様より若い娘がよかったんじゃないか」

留次がお海を見た。

「いいえ、野湯は、留次さんや、父上と男どうし、色気なしに入るのがようございます」

と言った駿太郎の視線の先に塩屋の持ち船豊後塩丸が見えてきた。がっちりとした黒船だった。

なんと黒い船体の舳先《へさき》には大きな福玉が鮮やかに飾られていた。

「有難う、お海さん」

「うちの船が遠く江戸まで初航海するのです。無事の船旅を願っています」

とお海が言った。

「江戸との交易が決まったらお海さんが江戸へ来るのですよ。うちには母上と姉上もいます」

「あら、駿太郎さんに姉上様がおられたの」

「その話、江戸にお海さんが参られた折に姉上を交えて詳しく話します」

と駿太郎が応じたとき、

「赤目様、駿太郎さん、お先に塩屋の船に乗せてもらっておりますぞ」

と声がして甲板から大目付岩瀬伊予守氏記の家臣にして密偵の石動源八が手を振ってきた。

「おや、そなた、塩屋をご存じか」

と小籐次が問うた。

「とんでもない。頭成に着いて摂津大坂行の船を探して船問屋を訪ね歩き廻っておりますと塩屋に偶さかぶつかりました。塩屋の主に森城下から参ったと言いましたら、あちらで赤目小籐次様父子にお会いになりませんでしたか、と訊ねられ、あれこれと差し障りない程度に赤目様方の八丁越や森城下での功を話しました。すると先ほど、なんと赤目様父子の相客として船に乗せてもらうことを許されて、われらふたり先に乗船して赤目様方のお出でをお待ちしておりましたので」

と石動がひと息に説明した。

そうか、塩屋の一同が赤目父子の森城下での行動を逐一承知していたのは、石動源八から情報を得たせいか、と小籐次は得心した。

「留次さん、楽しい旅でしたよ、有難う」

と挨拶した駿太郎は、お海の手を握った。

「江戸でお会いしましょう」

「駿太郎さん、必ず」

もはや言葉は要らなかった。

その様子を見ながら小籐次が先に縄梯子を上がった。

お海が袖から真新しい福玉を出すと一文字則宗の柄に下がった福玉に添えた。

頷き合ったお海の眼差しを振り切るように駿太郎は縄梯子を上がった。

「赤目様」

と呼ぶ新たな声が海上からして振り向くと、小坂屋金左衛門が小舟に悠然と乗り、

「森藩の集い、無事に終わりましたぞ」

と報告した。

「それはよかった」

この金左衛門の言葉を大目付岩瀬氏記の密偵が聞いたのは、

(悪くないな)

と小籐次は思った。

「小坂屋金左衛門どの、頭成の交易、森藩のためにも頼んだぞ。もっともわしは森藩の主ではないがのう」

「塩屋も江戸に手を拡げることを考えて、この豊後塩丸を仕立てたようですな。うちも江戸へ手を伸ばす折は、赤目様のお屋敷に挨拶に参りますでな」

と金左衛門が言った。

「待っておるわ」

と小籐次が応じたとき、豊後塩丸の碇が上げられ、帆桁が上げられ、大きな帆が拡げられた。

精悍な黒船がまずは伊予灘を目指してゆったりと進み始めた。

四

駿太郎は瀬戸内の海で覚えた帆の上げ下ろし作業を豊後塩丸でも雷《いかずち》の夏助主船頭に願って、剣術の稽古の傍ら水夫らといっしょに行なった。

豊後塩丸には塩屋の番頭のひとり、八代目の従弟にあたる村上吉蔵が乗船していた。江戸での塩屋の商いの頭分だ。

摂津大坂に立ち寄った際、赤目小籐次は紙問屋久慈屋との関わりが深い船問屋に事情を話し、頭成の交易商にして船問屋、塩屋の豊後塩丸で江戸へ向かうことを告げた。船問屋の番頭は、

「赤目様、久慈屋の関わりの弁才《べざい》船は遅れておりますんや、頭成の塩屋さんの船で直に江戸に向かうほうがずうっと便利がようおます。このところ外海は天気もよろしいわ。久慈屋にはわてのほうから飛脚便で知らせておきます」

と小籐次の申し出を快諾してくれた。

そんなわけで豊後塩丸は紀伊沖から志摩を回ったところで三河の内海に入り、直参旗本三枝家の所領の前に碇を下ろした。すると三枝家の神木、楠の大木上の木小屋から花火が揚がって赤目小籐次・駿太郎父子一行の立ち寄り、いや、帰りを大いに歓迎した。

花火は、鼠小僧次郎吉こと子次郎が漁師の波平らと用意していたものだ。

小籐次父子は下船して、一夜三枝家の離れ屋で過ごすことにした。

「おりょう、長いこと三河の地で待たせたな」

と小籐次が労《ねぎら》いの言葉をかけ、

「おまえ様、御用は済みましたか」

「わしのお節介の最後の仕事よ。これからは研ぎ屋の爺として穏やかな余生を過ごす心づもり」

「おや、そんなことがお出来になりましょうか。なにより世間様がお許しになりますまい」

とおりょうが微笑んだ。その傍らで両親の問答を聞いていた駿太郎が、

「姉上、ご機嫌いかがですか」

と久しぶりに会う薫子に話しかけた。駿太郎の眼から見ても薫子はこれまで以上に息災で、顔の色つやもよかった。

「弟君や父上に久しぶりに会うたのは嬉しゅうございますが、三河の地を離れるかと思うといささか寂しゅうございます」

薫子は正直な気持を吐露した。

「望外川荘が姉上を待っていますよ」

「一家四人、いっしょに暮らせますね」

「われら、身内です」

駿太郎が答えた。

この夜、三河の三枝家の離れ屋に田原藩藩主三宅康明《やすてる》が顔を見せて、漁師の波平らも加わって和やかにして賑やかな別れの一刻を過ごした。

譜代大名の康明は、豊後塩丸に岩瀬氏記の密偵が同乗していることを知ると、

「酔いどれ様の付き合い、どこまでも広うございますな。その密偵どのに宜しゅうお伝え下され」

と苦笑いした。田原藩には寛大な沙汰が下されたばかりであった。

ちなみに三宅康明は初秋に病死し、文政十年の十月二十三日に公儀へ届けが出

されて赤目一家との再会は叶わなかった。

この地からおりょう、薫子、老女のお比呂、それに子次郎が豊後塩丸に乗船し、一気に船は賑やかになる。

三河の内海を離れたあと、遠州灘、駿河灘と外海を快調に帆走した豊後塩丸はいまや江戸の内海に入ろうとしていた。

この最中、駿太郎は豊後塩丸の水夫のひとりとして作業に加わっていた。それを見た大目付岩瀬の家臣石動源八が、

「駿太郎どのは直ぐにその場に馴染んでしまわれますな、まさか水夫の作業まで承知とは驚きましたぞ」

と段々と江戸に近づく町並みを眺めながら小籐次に言ったものだ。この石動と従者の小者のふたりは、神奈川宿の沖合で豊後塩丸から下りるという。

「赤目様、実に楽しい船旅にございました」

と石動が礼を述べた。

「ならばわれらといっしょ佃島沖まで乗船していかぬか」

と小籐次が引き留めようとした。

「それがしもそれが出来ますならばどれほど嬉しいか。大目付の関わりのそれが

し《ひ》と赤目様が同じ船に乗って豊後森藩の飛地、頭成湊から江戸佃島沖に戻ったとなると、後々厄介が生じるかもしれませんでな。いささか姑息ですが、われらふたり神奈川で下ろさせて頂き、摂津大坂から京を経て東海道を徒歩で下ってきた体裁をとらせてもらいます」

と言った石動源八と小者が豊後塩丸から姿を消して神奈川宿に入ったか入らぬかのうちに黒船は江戸佃島沖に安着していた。

二日前に大坂からの早飛脚が久慈屋に着いたとかで、佃島には久慈屋の見習番頭の国三らの出迎えの姿があった。

「父上、長い旅でございました」

帆を下ろす作業を終えた駿太郎が豊後塩丸の甲板で父親に声をかけた。

「豊後はやはり僻遠の地よのう」

と答えた小籐次は、

「……通嘉も一国の主なれば居城がほしいのう」

という久留島通嘉の忍び泣きの声を聞いた昔を思い出していた。

あの日からどれだけの歳月が過ぎたのか。

一介の下屋敷の厩番が「御鑓拝借」騒ぎで世間を驚かせ、天下の武芸者、酔い

どれ小籐次と呼ばれるようになった来し方が走馬灯のように脳裏を過ぎり、

(明日からは研ぎ屋爺に戻ろうぞ)

と己に命じた。


豊後塩丸の乗船者は二手に分かれた。

ひと組は久慈屋の舟で大川を遡って望外川荘に向かうお比呂と子次郎のふたりだ。こちらの案内者は国三で、望外川荘を知らぬお比呂のためにひと足先に見せておこうという趣旨であった。国三と若い手代の漕ぐ舟には、塩屋から頂戴した土産が載っていた。

「お比呂さんや、わしら、久慈屋さんに江戸帰着の挨拶を済ませたら直ぐにも望外川荘に戻るでな」

と小籐次が伝えた。

赤目一家四人には久慈屋への挨拶の他にもうひとつ用事があった。

豊後塩丸の小舟が築地川を上って駿太郎の指示で新兵衛長屋の堀留の石垣に寄せられた。新兵衛長屋の訪いは、新兵衛の霊前に線香を手向けようというおりょうの提案を受け入れてのことだ。

「おお、酔いどれ一家が戻って来やがったぜ」

版木職人勝五郎の声がして長屋じゅうの住人が姿を見せた。

「新兵衛長屋のご一統様、赤目一家四人、ただ今豊後国の森藩訪いの旅から戻って参りました」

駿太郎が挨拶した。そこへ差配の家からお麻とお夕と桂三郎の三人が勝五郎の声を聞いて急ぎ堀留に姿を見せた。

「われらが留守の間に新兵衛さんが身罷るとは、こたびの旅で一番恨めしく感じたことよ。桂三郎さん、お麻さん、新兵衛さんの霊前に線香を上げさせてくれぬか」

と小籐次が新兵衛の娘のお麻に願った。

「は、はい」

と応じたお麻の瞼から涙がぼろぼろと零《こぼ》れた。それを見た勝五郎が、

「おい、酔いどれ様、おりょう様よ、赤目一家は三人でなかったか。新兵衛長屋に華やかな光をもたらすこの美しいお姫様はどこのどなた様だ」

と話柄を変えた。

「勝五郎さん、駿太郎の姉上です。この旅でおひとり、赤目一家に身内が加わり

ました。ゆえに一家四人です」

　と駿太郎が応じると、

「ふーん、猫の仔じゃあるまいし、赤目家はいきなり駿太郎さんの姉がよ、旅の間に生まれたってか」

　と勝五郎が文句をつけた。

「姉上、まず長屋の庭に上がりますよ」

　と小舟から初めて新兵衛長屋を訪ねる薫子を駿太郎が抱き上げると、お夕が手を差し伸べた。

「お夕姉ちゃん、それがしに姉が増えました」

　と言った。すると、

「三枝家のお姫様よね」

　と事情を久慈屋から内々に知らされていたお夕が言った。

「いかにもさようです。薫子姫は、お夕姉ちゃんと同じくそれがしの姉上に生まれ変わりました」

　と言い切ると、長屋の裏庭に立った薫子を住人一同が茫然と見つめた。

「おお、新兵衛長屋にほんもののお姫様がお出でになったなんてこれまであったか」

と近くで薫子を見た勝五郎が嘆息した。

「お長屋のご一統様、父と弟が世話になっている新兵衛長屋をお訪ねして薫子は、言葉にできぬほど嬉しゅうございます。出来ることならば、新兵衛様にご存命中にお会いしとうございました」

という薫子の挨拶にお麻の瞼から新たな涙が流れた。

小籐次とおりょう、そのあとを薫子の両脇から駿太郎とお夕が手をとって差配の家に向かった。その様子を見た勝五郎が、

「思いだしたぜ。三枝家のお姫様は眼が不じゆうだったよな」

と呟き、

「ともかくよ、酔いどれ小籐次一家が戻ってくるとさ、江戸が賑やかになるぞ、仕事も増えるしな。そんでよ、新兵衛長屋の九尺二間の薄っぺらの壁の向こうに大身旗本のお姫様が泊まることもありか」

となんとも複雑な顔をした。

新兵衛の位牌に線香を手向けた赤目一家は、いささか惑いを隠しきれない薫子を乗せて芝口橋の北詰にある船着場に小舟を向けさせた。

「おお、戻って来やがったな。酔いどれ小籐次一家がよ」

とこちらでは、読売屋の空蔵の賑やかな声が一家を迎えた。

小舟にはお麻の考えで桂三郎が乗っていた。当然新兵衛の本葬の話が出ると思ってのことだ。

(ああ、江戸に戻ってきたのね)

芝口橋を往来する人々の騒めきを懐かしくも嬉しく薫子は感じた。そして、この芝口橋から三河の所領に発った折は三枝薫子であったが、江戸に戻ったこの日、「赤目薫子」

と姓が変わっていることを喜ばしく受け止めた。

「おお、赤目様、おりょう様、薫子様、駿太郎さん、長い旅にございましたな」

大番頭の観右衛門の声が一家を出迎えた。

「大番頭さんや、ただ今戻りました。新兵衛さんの位牌に線香を上げさせてもらいましたでな、少しばかり遅くなりました」

「おお、それはよいことをなされた。新兵衛さんも赤目様の声を聞かなければ彼岸に発つにも発てませんからな」

と観右衛門が受けて、おりょうと薫子、それに駿太郎の三人は昌右衛門に久慈屋の奥座敷に招じ上げられた。

一方、久慈屋の帳場では小籐次と桂三郎と観右衛門に読売屋の空蔵が加わり、新兵衛の本葬の日取りが話し合われることになった。

「赤目一家は戻られたばかりよ、何日か余裕を見たほうがいいよな」

と唯一商いが絡んだ空蔵が口火を切った。

観右衛門が小籐次を見た。

「三、四日もすればわれら一家も落ち着こう。桂三郎さん、どうかな」

「恐れ入ります」

と施主の桂三郎が言い、

「どちらで弔いはなされるな」

「通夜は新兵衛さんの家で催したがさ、赤目小籐次が加わる本葬は愛宕切通の曹洞宗万年山青松寺の本堂で催されるのよ」

「おお、なかなか盛大ではないか」

「そりゃよ、酔いどれ小籐次が加わるかどうかで長屋か青松寺かを決めたのよ」

小籐次は江戸での新兵衛の弔いが自分のためにふた月遅れで催されると聞いて、恐縮もし、またこれでよいのかもしれぬとも思った。

「どうですな、赤目様」

「子細相分かった。最前も申したとおり、われら本日戻ったばかりだが、三、四日あとなれば弔いに参列できますする」

「ならばよ、おれが赤目小籐次になり切っていた新兵衛様の弔いの日にちを読売で明日にも触れ出すぜ。桂三郎さんと観右衛門さんよ、青松寺の清遼和尚と相談してまず日にちを決めてくれないか」

と空蔵が願い、通夜から二月ぶりに新兵衛の本葬が動き出した。


この宵、久慈屋で赤目一家は引き留められたが、まずは望外川荘に戻りたいと小籐次が応じた。そこへお比呂と子次郎を送った国三が戻ってきた。そして兵吉が、赤目一家が留守の間に面倒を見ていた研ぎ舟蛙丸《かわずまる》で、国三といっしょに一家を迎えにきた。

「後日、ゆっくりと帰着の挨拶に伺いますでな、今宵は慌ただしくも失礼しますぞ」

との言葉を小籐次が残して赤目一家は、兵吉の漕ぐ蛙丸で芝口橋から須崎村の望外川荘に向かった。

一家にとって久しぶりの蛙丸だ。

「蛙丸は、まるで兵吉さんの舟のようだ」

「本当の持ち主に櫓を返しますぜ」

駿太郎は腰の大小を外して父に預け、

「いえ、ふたりして江戸の内海から大川を遡上していきましょう」

長身のふたりが艫《とも》に並んで漕ぎ出すと、一気に築地川から江戸の内海に出た。

「おお、酔いどれ様の子じゃねえか。ここんとこ一家の姿を見かけなかったが、豊後国から江戸に戻ったか」

鉄砲洲河岸と佃島を結ぶ渡し船の船頭が大声で問うてきた。

「最前、佃島沖に停泊している豊後塩丸という帆船で戻ってきました」

と駿太郎が応じた。

「おお、真っ黒な交易船じゃな」

「そうです、あの黒船が豊後塩丸です。また明日からこれまでどおりの暮らしに戻りますで、宜しくお付き合いください」

「赤目様一家のいねえ江戸はよ、火の消えた冬の火鉢のようで景気が悪いぞ。これでこそ、魚河岸も芝居小屋も吉原も活気がつこうというもんじゃねえか。酔いどれ様よ」

と船頭が駿太郎から小籐次に顔を向けた。

「研ぎ屋爺ひとりが戻って、江戸が活気づくかのう」

「おお、世直し大明神は大きな声じゃいえないが千代田のお城におられるどなた様かじゃねえよ、酔いどれ小籐次様よ」

と乗合船と蛙丸がすれ違った。

一気に江戸の内海から大川へと入った蛙丸はぐいぐいと進んでいく。

「母上、江戸はやはりようございます」

と薫子は満面の笑みを江戸の家並みに向けて、

「やはり大きな都でございます。薫子の眼の裏にはっきりと賑やかな江戸が浮かんでいます」

「姉上、須崎村に暮らしたら、もっと眼が見えるようになります」

と櫓を漕ぎながら駿太郎が言い切った。

蛙丸は兵吉、駿太郎のふたり船頭で一気に永代橋、新大橋、両国橋、そして吾妻橋と潜りぬけ、須崎村の湧水池に入っていった。するとクロスケとシロの二匹の吠え声がして、お梅と子次郎が船着場に姿を見せた。

「おまえ様、望外川荘に、私たちの住まいに戻ってきましたよ」

「おお、戻ってきたな。われら卯月の半ばに江戸を発ち、三河に立ち寄ったな。なんと三月を超えて四月近くも江戸を留守したことになる」

「なんと四月ですか、長い旅路でした」

と赤目夫婦がしみじみと言い合い、蛙丸に二匹の犬が飛び込んできてひと騒ぎして、豊後国への旅が終わった。

# 終章

文政十年（一八二七）七月五日。

愛宕切通の曹洞宗万年山青松寺で、新兵衛の弔いが催されることになった。

張りきったのは読売屋の空蔵だ。

まず赤目一家が佃島沖に帰着した翌日、

「酔いどれ一家、四人になって四月ぶりに江戸帰着。新兵衛長屋の差配だった新兵衛の弔いを万年山青松寺で催す」

との読売で大々的に告知をした。

その翌日の昼下がり、空蔵が喪主桂三郎と久慈屋の大番頭観右衛門のふたりを伴って望外川荘に顔出しし、本葬の打ち合わせをしようと小籐次に迫った。

空蔵の読売を読んだ小籐次が、

「なんとも盛大な弔いになりそうだな」

と驚きの顔をした。
「酔いどれ様よ、通夜から本葬まで二月も間を空けた弔いの例《ため》しがあるか。これは偏《ひとえ》におまえさん一家の帰りを待っていたからだぞ。ここは一番、しっかりと読売で江戸の住人に知らせなきゃあならないんだよ」
「空蔵さん、舅はもはや長屋の差配でもなく隠居の身、それもいささか呆けた年寄りでした。かように大仰な弔いはいかがでしょう」
初めて聞かされた様子の桂三郎も空蔵の言い分に首を傾げた。
「桂三郎さんよ、それが考え違いというんだよ。いいかえ、こりゃ、新兵衛さんの弔いであって弔いでなし、酔いどれ小籐次一家が久しぶりに江戸に戻ったのを知らせる催しでもあるんだよ。なんたって、いまひとつ江戸の景気が悪いや。そこでな、万年山青松寺の和尚も張り切って本堂を貸そうと言っていなさる。この催しは、
一に、江戸の景気づけ
二に、新兵衛さんの弔い
三に、万年山青松寺の売り込み
四に、久慈屋の商い繁盛

五に、空蔵の書く読売の売行きを願ってのことだ」

と空蔵が滔々と主張し、

「空蔵さんや、順番が違わぬか。一に、読売の売行きではないか」

と小籐次が言った。

「順番はどうでもいいんだよ。いいかえ、赤目一家にひとり身内が増えたな」

と空蔵がいうところにおりょうとお梅が盆に茶菓を載せて運んできた。

「おまえ様、えらいお話になりましたね」

空蔵の大声が耳に入ったか、おりょうが苦笑いした。

「おりょう様よ、おまえ様方は赤目小籐次の名を低く見積もってないか。江戸の活気を取り戻すには、赤目小籐次が一枚嚙んでの催しがなによりだぞ」

「とは思いますがそれが弔いというところがな」

と観右衛門も腰が引けた表情でいった。

空蔵が、

「見てみねえ。望外川荘の野天道場で駿太郎さんが公方様から拝領の備前古一文字則宗を揮っている姿をよ。そいつを姉様の薫子様と犬二匹が見ているな。この光景を見ただけで、大番頭さんよ、桂三郎さんよ、ほっと安堵しないか」

「そりゃ、確かに赤目様一家が江戸におられると安心はしますがな」

観右衛門の言葉にふーん、と空蔵が鼻で返事をして、

「酔いどれ様よ、駿太郎さんが最前から繰り返している技はなんだい。おれは初めて見たぞ」

と話柄を転じた。

「ほう、空蔵さんもなかなかの剣術見巧者になりましたな。駿太郎が繰り返している技は、わが先祖の地、伊予の狂う潮が駿太郎に授けた技でしてな、刹那の剣一ノ太刀と名付けた荒技です。年寄りのわしには思いつかぬ形《かた》と動きですな」

「なんと十四歳の剣術家が新しい荒技を生み出したか。こりゃ、則宗を下賜された公方様もお慶びになるよな。つまりは赤目父子の世代替わりだな」

「わしも歳をとったでな、そう評されても不思議ではなかろう」

「桂三郎さんとこも新兵衛さんが亡くなって、桂三郎さん、お麻さん、お夕さんの代になったのよ。それがひと目で分かるのが弔いと思わないか」

「ほうほう、空蔵さんはあれこれと考えなさるな」

と観右衛門の言葉が微妙に変わった。

「弔いは曹洞宗万年山青松寺の清遼和尚が司《つかさど》られるな。ゆえに施主の桂三郎さんは和尚の指図に従うだけだ」

「は、はい。私、しゃしゃり出る真似は致しません」

「おうさ、身内親類縁者だけの弔いならそれでいいさ。だが、江戸を四月も留守にしていた酔いどれ小籐次一家が加わる弔いだぞ。通夜でそこそこの人数がきたな、ありゃ、新兵衛さんの人徳の数よ。こんどは違うぜ。読売屋のほら蔵が腕を揮う弔いだ。何百人じゃ利かないな、何千人と四桁の客、じゃねえ、参列者が青松寺に集うな」

「えっ、そんなに集いますか」

と桂三郎が茫然とし、

「お斎《とき》はとてもうちでは出し切れません」

と斎の費えを案じた。

「だろ。その代わりがいるじゃねえか」

「お斎の代わりと申されますと、なにかお持たせしますか」

「桂三郎さん、しっかりしねえな。天下の酔いどれ小籐次に挨拶させせねえな」

「ちょ、ちょっと待った、空蔵さん。このわしが挨拶じゃと、何千人もの前でか。

そりゃ無理じゃ」

「読経は出来るか」

「読経は和尚に任せてあろう」

「そこだ、読経のあとはこの読売屋の空蔵に任せねえな。悪いようにはしねえからよ」

と空蔵が言い切った。

観右衛門と桂三郎と小籐次の三人が空蔵の弁舌に圧されて顔を見合わせた。

「青松寺の和尚の許しは要りませんか」

桂三郎が遠慮げに言い出した。

「だからさ、これから観右衛門さんとおまえさんと一緒に愛宕切通の万年山青松寺をおれが訪ねるんじゃないか」

と空蔵が喋り疲れたか、茶をごくごくと喉を鳴らして飲んだ。そこへ稽古を終えた駿太郎が薫子の手を引いて寄ってきた。

「薫子様、望外川荘はいかがですか」

「大番頭様、公儀にお返しした拝領屋敷より望外川荘が大好きです。大勢の身内や奉公人に囲まれて、薫子は幸せに暮らします」

「そいつはいいや。薫子姫よ、駿太郎さんよ、新兵衛さんの弔いにはぜひ参列してくんな」

と言った空蔵がふたりの返事も聞かずに立ち上がった。

三人の客がいなくなった望外川荘の縁側では、お比呂やお梅も加わって新たに茶を喫することにした。

「おりょう、空蔵さんの話、どう思うな」

「どう思うもこう思うもありませんね。空蔵さんにはなんぞ企てがあってのことですよ。おまえ様も私どもも黙って乗るしか術はございますまい。なにしろ新兵衛さんが身罷ったとき、江戸を留守にしていたんですから」

「それでよいのかのう」

「これが赤目一家の暮らしです」

「母上、退屈はしませんね」

と薫子が笑みの顔で言った。

小籐次と駿太郎は、久慈屋に豊後の土産を持って帰府の挨拶に改めて出向くことにした。途中、研ぎ舟をアサリ河岸の鏡心明智流の桃井道場につけ、旅が終わったことを父子で道場主の桃井春蔵に報告した。

「おうおう、これで江戸が賑やかになるな」

「桃井先生、わしらはそれほど江戸を騒がせておったか」

「勘違い召さるな。悪党どもは、酔いどれ様、旅より戻るの読売の報に愕然としておりましょうぞ。ともかく公方様お墨つきの江戸目付は、公儀目付ではございませんし、町奉行の与力・同心でもなし。赤目小籐次お一人しかおりませんでな」

と剣術家の桃井春蔵に言われ、小籐次はなんとも複雑な気分になった。

駿太郎が道場に残り、小籐次が蛙丸の櫓を握って久慈屋に向かった。

「早や仕事に参られましたかな」

と観右衛門が迎えた。その顔はなにか話がある表情だった。

「四月も研ぎ仕事をしていませんでな、久方ぶりに砥石を使ってみようかと思いましてな」

「赤目様、まず研ぎ仕事も結構ですが、新兵衛さんの弔い、ひょっとしたらひょっとしますな」

「どういうことですか」

「万年山青松寺に何千人もの参列者があるということですよ」

「ほう、空蔵さん、そのような大人数を招いて何をするつもりですかな」

「それは見てのお楽しみですよ」

「おや、大番頭どのも空蔵さんの企てに取り込まれましたかな」

「まあ、そんなところです。これが幼い子供の弔いならこうも行きますまい。が、新兵衛さんは好き放題に生きてこられ、天寿を全うされたのです。最後はこれくらい賑やかであってもよろしいかと思い直しました」

小籐次は八代目の昌右衛門を見た。

「私もとくとは聞かされておりません。赤目様、弔いの日が参るまで須崎村に控えておられたほうが宜しいかと存じます」

と昌右衛門に言われ、豊後の土産を渡した小籐次はアサリ河岸の桃井道場に戻ることにした。すると大番頭の観右衛門が船着場まで見送りに出てきて、

「本日の昼下がり、頭成の交易商の塩屋さんの番頭さんがうちにお見えになります」

「ならばわしが残っていたほうがよろしいかのう」

「いえ、赤目様の役目は終わりました。商人同士で十分話が通じます」

ようと思った。

との返事を聞いた小籐次は、新兵衛の弔いまで須崎村に大人しく引っ込んでい

新兵衛の弔いの当日、赤目小籐次一家四人は、駿太郎の漕ぐ研ぎ舟蛙丸で望外川荘の船着場を出た。

築地川から御堀を遡り、途中久慈屋の船着場に立ち寄ると、

「ちょうどよかった。赤目様、われら夫婦を蛙丸に乗せてくださいな」

久慈屋の主夫婦昌右衛門とおやえのふたりが乗り込んできた。

大番頭の観右衛門らはすでに青松寺に出向いているという。

「昌右衛門どの、空蔵さんの企み、分かりましたかな」

蛙丸が駿太郎の櫓でさらに御堀を遡上し始めたとき、小籐次が問うた。すると昌右衛門が小籐次と駿太郎の形を見た。

たくさんの参列者のある弔いというので小籐次も駿太郎も薫子もそれらしい衣装を着こんでいた。それに父子の腰にいつものように次直と一文字則宗の愛刀があることを確かめた昌右衛門が、

「赤目様、こたびは読売屋の空蔵さんの口上に従うしかございません」

と言い、それ以上は語らなかった。

蛙丸は芝口橋から四つ目の新シ橋で止められた。あとは愛宕下通を増上寺に向かい、七、八丁ほど南に向かって歩くしかない。

目の不じゆうな薫子にはおりょうと駿太郎が付き添って歩く。

「お駕籠を用意しておけばよかったかしら」

とおやえが気にしたが薫子は、

「おやえ様、江戸の空を楽しみながら歩くのは嬉しゅうございます」

と答えた。

「赤目様、頭成の交易商塩屋の番頭村上吉蔵さんと話し合いました」

「おお、どうですな」

「あれこれと紙の見本を見ました。正直豊後の紙は上質とは申せません。ですが、塩屋さんは異国の紙と伊予の紙の見本を船に積んでみえておりましてな、これらの紙はうちで扱ってございません。そんなわけで、それなりの取引きが出来ようかと思います」

異国の紙とは長崎口の品で、機械で漉《す》いて造られるものだ。

「それはようござった」

と小籐次も安堵した。

刻限は四つ前だ。

万年山青松寺の山門を潜ると本堂から渡り廊下のようなものが前庭に延びて、その先には円型の舞台があった。だが、人はいなかった。

小籐次にはなにに使うものか分からなかった。

「おお、旦那様、お見えになりましたかな。赤目様ご一行が最後の参列者ですぞ」

と観右衛門が迎えた。

本堂のなかに、施主の桂三郎を筆頭に一家、新兵衛長屋の住人や久慈屋の関わりの者たち三十余人が揃っていて小籐次らを迎えた。

(まあ、この程度の人数が新兵衛さんの弔いには似つかわしいな)

と小籐次は正直思った。

曹洞宗万年山青松寺清遼和尚が三人の僧侶を従え、須弥壇《しゅみだん》の前に坐した。

半刻に及ぶ読経があり、法話では新兵衛の為人《ひととなり》がだいぶ上品に紹介された。

その間、正座に慣れぬ長屋の住人は膝を伸ばしたりさすったり忙しかった。

小籐次は、本堂の外の人の気配が気になった。駿太郎も気になるのか、ちらちらと後ろを見ていた。

不意に法話が終わり、

「あとはな、本日の主役赤目小籐次様と駿太郎さんにお願い申しましょうかな」

と和尚が言った。

そのとき、外から空蔵の耳慣れた声が聞こえてきた。

「芝口新町のその名も新兵衛長屋の隠居新兵衛さんの通夜は恙《つつが》なく終わりましたな。

さあて新兵衛さんの晩年はいささか呆けておられましたがな、長屋の住人でもある酔いどれ小籐次こと赤目小籐次様のなり切りで余生を過ごしておりました。赤目小籐次様はご存じのように芝口橋の紙問屋久慈屋で研ぎ仕事をしておりますな、一方、新兵衛さんのほうは、かような木の砥石と木の刃物でな、赤目小籐次ばりの研ぎ仕事に没頭されておりましたのじゃ。

つまり新兵衛長屋には、本物の赤目小籐次様となり切りの赤目小籐次のふたりがおりました」

と空蔵がいったん声を止めた。

「なり切りの赤目小籐次こと新兵衛さんが身罷ったとき、本物の赤目小籐次一家は、先祖代々奉公した森藩の陣屋を豊後国に訪ねておりまして、通夜には出ることは叶いませんでした。

そこでわっしらは、なり切りの赤目小籐次に最後にひと目でも本物の赤目小籐次を会わせたいと思いましてな、本物の赤目小籐次一家が江戸に戻るまで本葬を催すのは待つことにしました。

本日は酔いどれ小籐次こと赤目小籐次がなり切りの小籐次に別れをいう場にございます」

と空蔵が声を張り上げると、
わあああっ
という大歓声が上がり、本堂の扉が左右に開かれた。

すると最前まで本堂前の広大な庭に人影などなかったものが、なんと立錐《りっすい》の余地なくびっしりと参列者が群れていた。そして、町奉行所の同心や御用聞きが警固にあたっていた。

「なんということか」

さすがの小籐次も呆れた。茫然自失した。

「参列者のご一統、酔いどれ小籐次こと赤目小籐次、なり切りの赤目小籐次に別れの場にございます」

と空蔵が一段と声を張り上げた。

覚悟を決めるしかない。

しばし瞑目して沈思した小籐次は、くあっ、と眼を見開くと本堂を出て渡り廊下を粛々と円型の舞台に進んでいった。

(わしの別れの挨拶は刀でなすしかない)

立ち止まった小籐次が円型の舞台をとり囲んだ参列者をゆっくりと見廻した。

「新兵衛さんや、通夜に間に合わんで真に済まなかった。

西国豊後におるとき、わしは親しき人が身罷ったことを察したことがあった。

その折り、ああ、新兵衛さんが亡くなったなと感じたわ」

と小籐次が静かに語り出した。

「新兵衛さん、いやさ、なり切りの赤目小籐次様、この酔いどれ小籐次の葬礼を見よや」

舞台の真ん中に木製の砥石と木製の刃物が置かれてあった。

それに向かって合掌した小籐次が姿勢を改めると、

「来島水軍流正剣十手のうち一の手、序の舞」

と宣言すると腰の次直を抜き放ち、

「人間《じんかん》五十年、下天の内をくらぶれば、夢幻の如くなり、夢まぼろしのごとくなり」

と謳いつつ、序の舞を悠然と披露した。

すると、万年山青松寺の広大な境内の本堂前に集まった参列者の、

わああっ

という大歓声とともに、

「新兵衛さん、彼岸に旅立ちなされよ」

「赤目小籐次様、おめえさんの気持、確かに受け止めたぞ」

とあちらこちらから声が上がった。

頷いた小籐次が本堂に向かって引き返すと、駿太郎が交替に円型の舞台へと向かってきた。

父子が交錯したとき、

「赤目小籐次の一子駿太郎の腰にあるは、十一代将軍徳川家斉様ご下賜の備前古一文字則宗、刃渡二尺六寸なり。

参列のご一統様、いやさ、なり切り小籐次こと新兵衛さんや。

製の砥石と刃物に合掌した。

「弱冠十四歳の若武者の剣技とくとご覧あれ」

と空蔵の声が響きわたり、円型の舞台で駿太郎が立ち止まって、父を真似て木製の砥石と刃物に合掌した。

「ご一統様、それがし、父の供で父の旧藩豊後森城下を訪ねました。

森藩久留島家は、伊予の三島《さんとう》村上流の一家、曰くありて海から山へと転封されました。伊予では来島の灘に鬩《せめ》ぎあう潮が狂う潮《うしお》といまも呼ばれています、来島の名の起こりです。

それがし、森藩の御座船三島丸の船上にて、五体を狂う潮に揺らされて、かような剣技を授かりました。

その名も刹那の剣一ノ太刀にございます。

新兵衛様、ご一統様、ご覧あれ」

と言った若武者の腰から刃渡二尺六寸の大業物が抜き放たれ、万年山青松寺の初秋の陽射しに若々しくも大らかに則宗がきらきらと虚空を舞い、躍った。

小籐次は、駿太郎の刹那の剣一ノ太刀を見ながら、大名四家の御鑓先を次々に切り取って、久留島通嘉の屈辱を雪いだ、遠い昔の出来事を思い出し、すべては、

「終わった」

と思った。
（新兵衛さん、わしも近々彼岸に向かうでな）
父子の剣技を見たおりょうは、赤目家は駿太郎へと代替わりしたと確信した。
薫子の手をとったおりょうは空を見上げさせた。
しばし間があって、
「母上、美しい空です。初めて見ました」
と薫子の穏やかな声が応じた。
文政十年初秋七月五日のことだった。

「新・酔いどれ小籐次」完

巻末付録

# 森藩・参勤ルートを行く
# その時、小籐次の背中が見えた

文春文庫・小籐次編集班

文政十年（一八二七）。この年が赤目小籐次の物語の終着点だ。

小籐次が、かつての主君・久留島通嘉の受けた恥辱をすすがんと、大名四家を相手に「御鑓拝借」の挙に打って出たのが文化十四年（一八一七）のことだった。当時、用人の高堂伍平に年を問われ「確か四十八、いえ、九歳かと思います」と答えていた小籐次。つまり小籐次は五十九になったわけか……。と、十年の物語を辿り終え、感慨にふけるのは編集Mこと五十路の私。「酔いどれ小籐次」をご愛読いただいてきた読者諸賢なら、「酔いどれ小籐次決定版」の巻末に、担当編集者による物語の舞台を訪ねる紀行文が付されていたのをご記憶かと思う。その初期、営業担当の後輩K君を引き連れ、滝に打たせたり、坐禅体験をさせたりと先輩風を吹かせていたのが私だ。

今回、物語の完結にあたり、小籐次が参勤下番に同行し、豊後国に印したその足跡を辿る役割を仰せつかった。行程は一泊二日。

出発点は、やはり第二十四巻で小籐次が通嘉や駿太郎とともに三島丸から上陸した「速見郡辻間村頭成の湊」にしたい。現在の豊岡港（大分県速見郡日出町）にあたる。

「ここからはバスでちょうど一時間です。バスは十七分後に出発します。トイレに行く余裕はあります」

五月某日の正午前、大分空港に降り立った私の傍らで、カタい口調で説明するのは営業K君に代る旅の友・O君、四十二歳。大手書店などに勤務したのち三年前に小社に来た、小籐次シリーズのプロモーション担当である。立て板に水のごとく予定をレクチャーしてくれる様子が頼もしい。飲み屋の所在しか下調べしてこなかったK君とは大違いだ。

海沿いを走るバスに揺られ、キッカリ一時間で国道十号線沿いの「豊岡駅前」に到着。眼前に広がるのは別府湾、そして豊岡港だ。水深は浅く、チヌやアジが狙える釣り場としても有名だという。

木下家が治める日出藩の中にあって、森藩の飛び地だった頭成。今は、停まっている小型漁船の上で、数人の漁師が網の手入れをしているのどかな港だ。脇には干物をつくるための干し網がズラリと並ぶ。振り返れば山。

「あの山に、大山積神社があります。行ってみましょう」

O君がいう。湊に降り立った小籐次父子が水夫の茂とともに参った、大三島の大山祇神社の末社である。〈なだらかな坂道〉とあるが、実は結構きつい坂。途中までは住宅地を抜けていくが、O君はスマホをチラチラ見るだけで「こっちです」「ここを左です」と茂ばりに先導していく。本当に前職は書店員か。旅行添乗員の間違いじゃないのか。

坂道を三十分弱歩き、運動不足が祟って早くも膝が笑いかけた頃、寛政年間に久留島家の援助のもと再建されたという石垣が見えてくる。小籐次も仰いだ野面積みの石垣だ。

まだ江戸下屋敷の厩番だった頃、小籐次は偶然「……通嘉も一国の主なれば居城がほしいのう」という主君の悲痛な呟きを聞いた。一万二千五百石という外様小名ゆえ、城を持つことを許されなかった〝城なし大名〟の悲哀。それゆえに江戸城中の詰之間で大名四家から受けた恥辱。あれから十年、大山積神社に佇みながら、「殿は城造りを諦めてはおられぬか」と通嘉の胸中を慮る小籐次——物語の出発点に立ち戻る、終盤の重要な場面だ。

境内に立ち、ウグイスの鳴き声に耳を傾けながら登ってきた道を振り返る。あいにくの曇り空だが、下に広がる別府の海は、小籐次が見たものとそうは変わらないはずだ。

汗を拭きながら、「いやあ、最初からなかなかハードですね。大丈夫ですか」と言うO君。かつて決定版第二巻『意地に候』巻末付録で、小籐次に倣って新橋から小金井までの二十六キロを歩いてみるなど、それなりに体験ルポをしてきた私だが、この数年、腰痛に悩まされており、歩き通しは少々きつい。しかし初日くらいは根性を見せねばならない。

〈豊後森藩の参勤交代は、最後の行程の山道九里二十四丁（およそ三十八キロ）を一泊二日の予定でゆるゆると森陣屋に向かうのだ。〉（第二十四巻）

森陣屋を目指した通嘉一行の初日の逗留先は〈明礬山の下に藩主の久留島通嘉が再興したとされる照湯〉。現在の別府市小倉にあたる。我々もここを本日の目的地としたい。

大山積神社を下りて国道十号線を南に行くこと六キロ弱。JR日豊本線の別府大学駅前で右手に折れる。ここからはダラダラと上り坂が続く。

ゆるゆる歩くこと二キロほど。駿太郎が初めて見て仰天した、幾筋もの湯けむりが見えてくる。山をバックにホテルや旅館が建ち並び、ほのかに硫黄の匂いが香る。おなじみの温泉街の光景に我々のテンションも高まる。別府八湯のひとつ、鉄輪温泉だ。

我々が投宿するのはここのホテルだが、日があるうちに、駿太郎が松明燃しの留次と連れ立って入りに行った、明礬温泉に足を延ばすことにする。

明礬温泉は、鉄輪温泉からさらに道を上がること四キロほど。車なら十分程度で着く、鉄輪温泉のお隣さんだ。同じく別府八湯のひとつにあたる。

明礬温泉の名の由来であるミョウバンは、薬や染料などとして古くから使われてきたが、国産品はこの地が元祖だという。一時は唐からの輸入品に押されて廃れたが、享保十年（一七二五）に復活させたのが、小籐次も口にのぼせた脇儀助。儀助の働きかけで幕府は唐からの輸入を禁止、幕府の専売品とした。儀助はこれで財をなし、年間の収益は一千両にも及んだという。現在の価値にして五千万円前後といったところか。

伽藍岳の中腹に位置する明礬温泉は標高四百メートル。麓に比べれば空気はずっとひんやりしており、硫黄の香りも強い。鉄輪温泉に比べれば俄然〝秘湯〟の色合いが濃い。駿太郎はここで留次に「大名湯よりさ、野湯に入りにいかないか」と誘われ、山中の湯が湧き出している場所を目指すのだが、我々の目的は逆。せっかくなので通嘉が自ら開き、一行が泊まった「明礬山下の大名湯」、つまり照湯温泉でひとっ風呂浴びることにしたい。

照湯温泉は、明礬温泉から国道五百号線を半ば引き返したところにある。国道をそれ、ここまで完璧な案内人ぶりを示してきたO君が一瞬迷うほどの小道の行き止まりに建つ、小ぶりな銭湯といった外観の建物がそれだ。壁に掲げてある、上下一メートルはあろうかという鬼瓦が目印だ。

入浴料は三百円。番台の女性が「今日は男湯が殿湯です」と教えてくれる。実はこの照湯、殿様も入っていた当時の内装の石が今も残っており、そちらが「殿湯」。もう一方が「姫湯」で、男湯と女湯が一日おきに替わる。今日はたまたま男湯が殿湯の日ということ

豊岡港～安楽寺　行程図

で、年季の入った床の石を撫でて通嘉と間接握手しつつ、ありがたく身を沈めてみる。石造りの浴槽は三メートル四方程度。わずかに白濁した湯が肌に優しい。地元の常連さんと思しき男性たちが入れ替わり立ち替わり入ってきて、サッと浴びては上がっていく。地元密着型の公衆浴場の風情は〝大名湯〟のイメージとはちょっと違うが、それがまたいい。

　その晩は鉄輪温泉の食事処で、留次が駿太郎にウンチクをたれた「地獄蒸し」を賞味。エビやホタテといった海の幸に舌鼓を打ち、すっかり日も暮れた中、旅館が立ち並ぶ石畳の「いでゆ坂」を歩いてみれば、営業終了間際の外湯に急ぐ地元の人々に、排水溝のあちらこちらから立ち上る湯気……なんともすばらしい情景だ。ちなみに、「男はつらいよ」ファンなら、ここらへんの風景に思い当たるはず。第三十作「花も嵐も寅次郎」のラストで、寅さんが啖呵売に精を出していたのがまさにここである。

さて二日目。天気は雨。今日は鉄輪温泉を起点に森陣屋を目指す。O君が二十四巻の記述をヒントに設定したルートは、国道五百号線を北上し、県道六百十六号線→県道六百十七号線と伝って南下、由布院をかすめて県道五十号線を再び北上。左に折れて県道六百七十九号線に入り、広大な草原（陸上自衛隊日出生台演習場）を左に見ながら八丁越に辿り着くというもの。行程およそ五十キロ少々。参勤交代ルートよりはだいぶ遠回りだが、なにぶん道がないので……と自らに言い訳しつつ、しかもタクシーを利用することにする。

豊後森出身だという運転手さんにルートを説明し、沿道の深見ダムなどを見物しながら走ること一時間半強。若八幡神社の先で県道を左に入り、すれ違いに難儀しそうな山道をクルマで行ける最奥「影の木集落」まで進むと、「→大岩扇山山頂」という登山道の案内札が立っている。このあたりがまさに、参勤下番の「最後の難所」八丁越の出口にあたる場所である。

〈森藩の参勤交代の行列が八丁越を松明の灯りを翳してのろのろと進んでいく。
そんな様子を十二人の刺客を率いる林崎郷右衛門は八丁坂の坂上、出口の石畳で待

小雨の降る中、八丁越の石畳を上る

ち受けていた。〉（第二十四巻）

実は今も、大岩扇山と、その南に位置する小岩扇山の間に、石畳が約八百メートルにわたり残っている。実際の参勤交代において使用されていた道だ。下番の際は、この石畳を踏めば陣屋まであと一里足らず……さぞ安堵したことだろう。ここはひとつ石畳の感触を確かめて満足するだけでなく、大岩扇山を登ってみる。

片道一・三キロほどの行程ではあるが、石畳の表面はところどころ苔むしており、しかも濡れている。現代人の我々にはなんとも足下が心許ない。途中で「安心して飲めますよ！」と貼り紙で強調された湧き水でのどを潤し、先行するＯ君がウリ坊と遭遇し転びかけるなどのハプニングがありつつも、三十分ほどで無事登頂した。標高六百九十一メートル。

大岩扇山を征服すれば、あとはふもとにある三島公園、すなわち参勤下番の目的地、森陣屋跡を目指すのみ。だが、三島公園手前でＯ君がガッツを見せた。

「私、角牟礼城に登ってきます」

森陣屋の背にそびえる角埋山（標高五百七十六メートル）は、戦国の世までその頂に山城を擁していた。文献に残る記述は文明七年（一四七五）に遡るが、今も二の丸、三の丸を囲む見事な石垣にその名残をとどめているという。だが三島公園から先はなかなかの山道で、地図で見るかぎり大岩扇山よりきつい。少々腰に不安を感じ始めた私を残し、O君は敢然と参道を登っていった。

その間、私は三島公園を歩いてみる。脇にある豊後森藩資料館では、瀬戸内の来島村上氏に始まる久留島氏＝森藩の歴史を概観できる。城下町を整備したのは初代藩主の長親。

「城下町の基本構造を今もほぼそのまま残しているのは、全国でも珍しいのです」

そう解説する係員の方の声が誇らしげだ。

庭園を挟んで参道を少々登ったところにあるのが末廣神社。造営されたのは慶長六年（一六〇一）だが、城を持つことを果たせなかった無念を抱きながら、いわばその〝代わり〟として、二十年をかけて堂々たる御神殿、拝殿、石垣、庭園などを整備したのが、他でもない通嘉である。その象徴は、天守に見立てられたという茶屋「栖鳳楼」。高台の際に建っており、二階から望む城下の眺めは、通嘉の心を大いに慰めたはずだ。

通嘉の心境に思いを馳せること一刻。角牟礼城を征服したO君が参道を下ってきた。小雨は止まず、角埋山はところどころ霧に隠れている。正直なところ大丈夫かいなと少々案じていたのだが、果たして、なかなか難儀したようだ。以下、O君の報告。

＊

二十分で山頂に着く、と聞いていたけどこの天気。それよりはかかるかな、という心持ちで本殿横の参道を経て、山道を進み始めました。林を抜け、集落を見下ろすような開けた場所に……かと思えばまたすぐに林の中。急坂は途中で階段に変わる。登り終えたら休憩を、と思ったがこの階段が全く終わる気配を見せてくれません。

坂を次々登るうちに石段は消え、完全な山道になってきました。これもかなりきつい。息絶え絶えにしばらく登ると、二の丸が見えてきました。近づくにつれ、自分の背丈の三倍ほどもある石垣に圧倒されます。小籐次たちがここを見上げた時の心中が察せられます。確かにこれは「城跡」だ。

二の丸西曲輪を経て角牟礼神社。さらに進むが、地面に割れたまま鎮座している「展望所」の看板が。誰か直してあげて……。霧が濃くなってきたので展望所の景色は諦めていましたが、展望所に立った瞬間、霧がサッと晴れて、一瞬だけ眺めを味わえました。

頂上まであとわずか。でも目の前の様子がおかしい。至る所に倒木、打ち捨てられた公衆トイレ、道なき道……。あっ、これは迷子だ。霧の中で道を見失ってしまいました(涙)。倒木を掻き分けるように上へと進み、濃霧が立ち込めながらも開けた場所に到着。

すぐにここが山頂だと分かり歓喜するものの、様子がおかしい。発掘現場のような様子になっている。濃霧の中を訝しみながら進むと、「石垣工事中　関係者以外立ち入り禁止」。え？　山頂には着いたものの、小籐次と殿様が見ていたであろう景色を同様に眺めることはできないことを知る。無念。

帰りは霧が次第に晴れ、気分もいくらか晴れて、来た道を戻る。しかし先の急坂、急階段、どちらも雨で滑る。故郷・福井の雪道で学んだ「重心を低めに小刻みに踏みしめるように進む」歩き方で誤魔化しつつ、登りよりも遥かに時間をかけて下山しました。iPhoneの「ヘルスケア」データを見たら、登った階数は、先の小岩扇山と合わせ、ちょうど「100階」分でした。

＊

よくやったO君、と報告を聞きつつ二人で仰ぎ見れば、先ほどまでは半ば雲に隠れていた角埋山が、その姿を現していた。

白壁に瓦葺きの商店が建ち並ぶ、城下町の風情を遺す夕刻の町を少し歩き、最後に訪れたのは安楽寺。久留島家の菩提寺であり、初代長親から十二代通靖まで、歴代藩主がここに眠っている。もちろん通嘉の墓もある。

通嘉が没したのは弘化三年（一八四六）旧暦八月十八日。享年六十。このとき小籐次が生きていれば、七十八になっていたはずだ。

いかな小籐次といえど、あの時代に七十八の長命を保つのは厳しいか。いやいや、私たちに数々の人間離れした業を見せてくれた小籐次ならきっと……。

などと思ううち、通嘉の墓石に一筋の夕陽がさした。そしてその前に、禿げ上がった頭を乗せ、五尺一寸の短軀をピンと伸ばした矍鑠たる老翁の姿が一瞬、たしかに見えたのだった。

この作品は文春文庫のために書き下ろされたものです。

文春文庫

# 御《お》留《とめ》山《やま》

定価はカバーに表示してあります

新《しん》・酔《よ》いどれ小籐次《ことうじ》（二十五）

2022年8月10日　第1刷

著者　佐伯《さえき》泰英《やすひで》

発行者　花田朋子

発行所　株式会社 文藝春秋

東京都千代田区紀尾井町 3-23　〒102-8008
TEL 03・3265・1211㈹
文藝春秋ホームページ　http://www.bunshun.co.jp

落丁、乱丁本は、お手数ですが小社製作部宛お送り下さい。送料小社負担でお取替致します。

印刷・凸版印刷　製本・加藤製本

Printed in Japan
ISBN978-4-16-791914-6